Wolfgang Schaller

Zeitenwände

Atemlos durch die Macht
und andere satirische Jahresringe

Eulenspiegel Verlag

Inhalt

Im Bundestag bittet soeben, während ich dieses

Vorwort

schreibe, der Kanzler, ihm das Vertrauen zu entziehen. Wenn das Buch erscheint, wird das Land einen neuen Kanzler haben. Gut wär's, ihm das Vertrauen zu entziehen. Am alten war nichts neu und am neuen wird alles alt sein. Wenn der, der gewählt werden wird, wirklich etwas ändern wollen sollte, könnte er gar nichts ändern dürfen, weil er nicht gewählt werden würde, denn der Wähler will nicht, dass sich etwas ändern soll, es sei denn, dass sich für ihn nichts ändern würde, und deshalb kann nichts geändert werden, obwohl sich alles längst ändern müsste, aber würde sich wirklich alles ändern, wer wöllte denn das wollen. Also bleibt alles anders.

Wenn Sie jetzt meine Kolumnen lesen sollen, aber nicht müssen, werden Sie merken können, dass es mit Corona-Lockdown und Krieg und Nationalismus und Toilettenpapierengpass keine witzigen Jahre gewesen waren. Es könnte aber auch sein, dass Sie manches in der Zeitenwende samt aller Zeitenwände und dem uns überall verkün-

deten Zeitenende ein bisschen obskur gesehen haben dürften. Sie können das freilich auch anders sehen als ich, wenn Sie wollen. Ich kann meine Meinung auch nicht leiden, aber ich habe leider keine andere. Und die ich habe, suche ich gerade. Vielleicht helfen Sie mir, sie zu finden.

Ich würde mir das Buch gern zu meinem 85. Geburtstag schenken und meiner Herzenspartnerin Birgit widmen, falls sie das wöllte, weil sie seit über vierzig Jahren an meiner Seite und nun auch noch mit mir auf der Bühne steht, wenn ich meine Kolumnen lese, was einen Gast verführte, ins Gästebuch zu schreiben: »Witzig, komisch, ein wunderbares Fest der Gedanken.« Nicht, dass ich damit prahlen wöllte, ich erwähne das nur, weil es sein könnte, bei Ihnen käme jetzt Lust, loslesen zu wollen.

Sie dürfen! Sie können ja, wenn Sie das Buch gelesen haben sollten, immer noch sagen: Wenn ich das bloß nicht gelesen hätte! Würden Sie sich ärgern, dass Sie das Buch gekauft haben, wäre es für mich und den Verlag trotzdem eine Freude, dass Sie das Buch gekauft haben.

Wolfgang Schaller

Tag der Einheit 2024

Was ich noch zu sagen hätte

... dauert eine Zigarette, doch ich rauche nicht mehr.

Ich trinke auch keinen Alkohol. Also wie soll ich den Tag feiern, an dem ich meine fünfhundertste Kolumne schreibe?

In meiner ersten schrieb ich über jenen Tag, dessen vierunddreißigste Wiederkehr wir in diesem Monat seltsam versteckten, als sei uns die Freude über die Einheit peinlich. Da steht, wie ich am 2. Oktober 1990 in meinem Bett in der DDR einschlief und am 3. Oktober in einem ganz anderen Land aufwachte. Ich wollte damals in kein anderes Land. Ich war der Traumtänzer, der dank Glasnost und Perestroika noch glaubte, ein Sozialismus mit menschlichem Antlitz sei möglich, weil ich das Antlitz des Kapitalismus bunter, aber nicht menschlicher fand. Hinter mir lag die Diktatur der Ideologie. Vor mir lag die Diktatur des Geldes. Dort, wo ich herkam, war ich nicht zu Hause, dort, wo ich hinkam, wollte ich nicht hin. Ich bin nicht weggegangen. Ich bin nicht angekommen. Ich hab noch mitgerufen »Wir sind das Volk!«, aber als sie Wochen später »Helmut! Helmut!« schrien, obwohl sie vorgestern noch mit roten Wimpeln an der Tribüne »Erich! Erich!« gejubelt hatten, und als es schien, als seien es zwanzig Jahre später die gleichen, die »Frau Merkel muss weg!« grölten, da befiel mich der Verdacht, unter ihnen könnten auch die sein, die heute »Heil Höcke!« schreien würden. Manchmal bin ich nicht Volk, da macht es mir Angst.

Vor fünfunddreißig Jahren, wie selbstsicher tippte ich in die Tasten der Erika: Der Sozialismus ist untergegangen, weil er keiner war. Der Kapitalismus wird untergehen, weil er einer ist. Da steht: Mit Geld ist der Kapitalismus die reinste Freiheit. Aber ohne Geld ist die Freiheit der reinste Kapitalismus. Solche Sätze in den ersten Kolumnen, was ist dem in der fünfhundertsten hinzuzufügen außer Punkt Punkt Komma Strich fertig ist das Mondgesicht.

Das Schönste an der DDR war der Traum von ihr. Das Schlimmste an der DDR war ihre Wirklichkeit. Und deshalb war ja auch die Freude groß, als die Mauer fiel. Da lagen sich Ost und West in den Armen. Das war Liebe auf den ersten Blick. Aber auf den zweiten sieht man besser.

Da haben viele Ostdeutsche gesehen, dass das gar keine richtige Einheit gewesen ist. Sondern mehr so ein Anschluss, ein Beitritt. Ja, was sonst hatten wir denn erwartet?! Wie ungerecht war denn das Erbe von Marx verteilt? Der Osten hatte das Manifest, der Westen hatte das Kapital. Und die mit Kapital waren die Sieger. Und sie siegen bis heute.

95 Prozent aller Spitzenpositionen in Politik, Wirtschaft und Medien sind immer noch von Eliten aus der alten Bundesrepublik besetzt. Das ostdeutsche Grundbuch ist eine einzige West-side-Story.

Über all das hab ich versucht, in fünfhundert Kolumnen zu schreiben. Ich bin so eitel, dass ich mich freue, wenn mich jemand erkennt. Man ist beim Schreiben einsam. Da kam ein Mütterchen auf der Straße auf mich zu, ob ich denn der sei mit den Kolumnen, und sagte dann: »Sie liegen immer bei mir auf dem Nachttisch.« Auf Omis Nachttischchen liegen ist besser, als gar keinen Platz im Leben zu finden.

In meiner ersten Kolumne stand, der Staat brauche Staatsmänner statt Politiker und die Zeit brauche Visionen statt Visagen. Jugendgeschwängert, da gebärt man solche Wortkinder schmerzfrei. Ich fragte damals schon, wo die Feuerlöscher sind, wenn auf den Scheiterhaufen der Frieden brennt, kein Gorbatschow, kein Willy Brandt, kein Kennedy und kein Rabin in Sicht, und so viele Brandbeschleuniger.

Das hab ich doch alles schon geschrieben, x-mal. Immer wieder weiter? Als ich Kolumnen zu schreiben begann, begann im nun geeinten Land am 3. Oktober die Freiheit. Ab diesem Zeitpunkt gab es schon im Oktober in meinem Konsum Schokoladenweihnachtsmänner. Da kann man nicht meckern.

September 2024

Die neuen Leiden des alten W.

Wie ich einen schönen Abend als Kabarettist verbrachte

Ich hätte die Veranstaltung nicht annehmen dürfen, aber Frau Lindenköfer vom Biomilchhof Weidenau hatte am Telefon derart charmant für das Festwochenende unter dem Motto »Du und deine Kuh« geworben, dass meine Absage wie Tierquälerei geklungen hätte. Frau Lindenköfers Telefonstimme bekam einen erotischen Klang, als sie von ihrer Pflicht als CDU-Mitglied zur christlichen Nächstenliebe für ihre Tiere sprach, sodass ich erst glaubte, ich solle vor ihren Kühen lesen. »Neinnein, es kommen auch meine Freunde aus der Milchbranche zu Ihrer Kabarettlesung, in unserer Kulturscheune ist schon mal die Volkstanzgruppe unserer Feuerwehr aufgetreten, die Zuschauer sind also kulturell vorgebildet.« Und dann fügte die erotische Stimme hinzu: »Sie können auch richtig scharf sein, die Milchbauern vertragen 'n Puff.«

Ich war verunsichert, ob die christliche Frau Lindenköfer so einen Puff wie in meinem Text verträgt, in dem ich erkläre, warum heute der liebe Gott aus der Kirche austreten würde und bei all den Skandalen um Kindesmissbrauch froh wäre, dass es ihn nicht gibt. Aber es soll jeder glauben dürfen, was er glaubt, meinetwegen auch, dass Jesus übers Wasser läuft oder an die unbefleckte Empfängnis, es sind andere schon für viel weniger in die Psychiatrie gekommen, und ich entschloss mich, niemanden zu provozieren.

Vielleicht wäre es besser, die Milchfreunde mit meinen gesammelten Politikerzitaten zu unterhalten, dergestalt, dass Helmut Kohl den schönen Satz gesagt hat: »Man kann das Problem der Tretminen nur Schritt für Schritt lösen.« Immer wenn mir selbst kein Gag einfällt, zitiere ich Politiker, zum Beispiel, dass Frau Merkel auf einer Wahlkundgebung in Dresden sagte: »In Dresden ist die Geburtenrate am größten. Und das haben wir alles unserem Ministerpräsidenten zu danken.« Und wenn ich dann noch hinzufüge, aus Angst vor der Vogelgrippe habe ein Bauer in Mecklenburg seine Frau getötet, nur weil sie Gänsehaut hatte, wäre der Abend gerettet.

Die Kulturscheune war mit Strohballen gefüllt, hinter denen ich mich zum Auftritt umzog, mitten unter Kühen, die mich misstrauisch musterten. Die auf Plastehockern hockenden Milchfreunde dagegen schauten heiter, was wohl nicht an der Milch, sondern am Bier lag. Bei meiner dritten Pointe muhte ein Ochse, was die Heiterkeit steigerte. Nur ein Milchfreund in der ersten Reihe schaute während meiner Lesung mürrisch nach vorn. Routinierterweise frage ich geistig abwesende Zuchauer immer, ob ihnen mein Programm gefalle. Fast immer höre ich ein Ja, so dass ich kontern kann: »Würden Sie das bitte mal Ihrem Gesicht mitteilen.«

Den Gag hab ich übrigens von Harald Schmidt geklaut. Ich klaue gern Pointen, aber immer mit Erlaubnis. Als Dieter Hildebrandt einmal den Satz sagte: »Wenn Lügen wirklich kurze Beine hätten, trügen Politiker Schlüpfer als lange Hosen«, bat ich ihn, mir die Pointe zu schenken. »Nimm sie nur«, sagte Hildebrandt, »ist ja auch nicht von mir.«

Die Milchfreude waren ein wunderbares Publikum, die es kaum auf den Hockern hielt, als ich über die untergehende Ampel witzelte und dass da einer der Olaf sein musste, und dass der Olaf, obwohl seine Partei bei Umfragen nur bei fünfzehn Prozent liegt, wieder Kanzler werden will, weil ja die SPD ein Jahr vor der letzten Bundestagswahl auch nur fünfzehn Prozent hatte, worauf der Olaf gesagt haben soll: »Ich hab damals schon gesagt, dass ich Bundeskanzler werde, damals hat man mich für einen Spinner gehalten, jetzt hat sich das bestätigt.« Über diesen Gag ging dann nichts drüber, obwohl ich das Zitat frei erfunden habe. Das Lachen war so fröhlich, dass die vier Glühbirnen flackerten, die statt Scheinwerfern Licht auf mein Pult sendeten, und ein bisher schweigsames Schaf blökte in der Scheune. Da flackerte es in den Augen der Milchfreunde, nur der Herr in der ersten Reihe hatte die ganze Zeit über nicht ein einziges Mal das Gesicht verzogen. Aber nach dem Schlussbeifall kam er zu mir und sagte: »Vielen Dank für den Abend. Ich habe noch nie so gelacht wie heute.«

Weihnachten 2022

Weihnachtsansprache von Jesus Christus

Eine Berg- und Talpredigt über Unheiligkeiten zum Heiligabend

Liebe Christen- und Atheistenheit, die ihr heut das Weihnachtsfest feiert. Nicht überall klingen die Glocken so süß von Fried und Freud. Ich bin mal kurz auferstanden. Ich wollt mich mal umsehen. Bleiben kann ich nicht lang, Asyl wird mir nicht gewährt, weil ich nicht direkt vom Kreuz hierher geflohen bin, sondern auf dem Umweg hoch vom Himmel her, und der ist ein Drittstaat. Macht hoch die Tür, das Tor macht weit. Doch manch Tür ward verschlossen, denn es herrscht keine große Gnad, wenn ein Fremder aus dem Orient klopft.

Es hat sich viel verändert in eurem Land. Die Leut gehen nicht mehr in die Kirchentempel, sondern in die Einkaufstempel. Apple und Google sind zur beliebtesten Religionsgemeinschaft geworden. Früher habe ich aus zwei Broten und einem Glas Wein eine ganze Hochzeitsfeier gezaubert. Kohl, Merkel und Scholz zauberten schon seit Jahrzehnten aus drei Gurken und drei Pflaumen ein ganzes Kabinett. Ich habe früher Lahme einfach geheilt. Heute müsste ich erst fragen: privat versichert oder Kasse? Adam und Eva sind einst aus dem Paradies geflogen, weil sie vom verbotenen Apfel aßen. Heute könnten sie das als Geschäftsessen abrechnen. Früher waren die größten Pfeifen in den Orgeln der Kathedralen. Heute sitzen sie – – – ich spreche es nicht aus. In der Weihnachtszeit kamen damals Kaspar, Melchior und Balthasar. Heute kommen Amazon, DHL und Zalando.

Auf dem Weihnachtsmarkt drängen die Menschen vor Bratwurstständen, als sei die Bratwurst die neue gesegnete Hostie. Ich hätte gern Wasser zu Glühwein verwandelt, aber ich bräuchte dazu wohl zehn Genehmigungen. Ich müsste sicher auch den Kreuzigungsweg als Demo anmelden samt Routenführung und Toilettenhäuschen. Aus dem Lautsprecher des Weihnachtsmarktes tönte die Weise von Jesulein zart, und ich probierte an einer Weihnachtsbude Köstliches aus der Chinapfanne, was mir zunächst fremd erschien. Denn ich bin doch in der Krippe geboren und nicht im Wok. Und die Krippe ist leer. Seit eine eurer Parteien die Remigration von bis zu zwanzigtausend Nichtariern fordert, sind Araber, Afrikaner und Juden aus Angst geflüchtet und in meiner

Krippe stehen nur noch Ochs und Esel. 's ist so kalt der Winter. In den Parks lassen Ämter die Bänke mit Zwischenlehnen teilen, damit sich Obdachlose zum Schlaf nicht mehr ausstrecken können. Die ihr das anordnet: Öffnet eure Herzen statt der kranken Hirne.

Komm setz dich ans Fenster, du lieblicher Stern. Ich bin nicht gern gelitten in einer Zeit, in der die Waffen sprechen. Ich bin Pazifist. Die Wange dem Feinde hinhalten entsprang wohl meinem jugendlichen Übermut und sollte Versöhnung verkünden statt Rache. Ich hatte am Kreuz eine Botschaft: Ich wollt alle Menschen frei. Und Recht und Gerechtigkeit auf Erden. Ich bin wohl umsonst gestorben. Ihr wollt von mir wissen, ob das Gute siegt oder das Böse?

Nagelt mich nicht fest.

Oktober 2023

Wir sind auf dem rechten Weg

Der folgende Text enthält Passagen, die als provokant betrachtet werden könnten

Doas er dem Jud a Freiflug gwünscht hoat durch den Auschwitz-Schornstein, ne Jungendsünd woars vom Aiwanger Hubsi, dös braucht koa Rücktritt, meint der Alois und jubelt dem Popstar Hubsi zu und woas selbst net, ob er jubelt, obwohl der Hubsi das Flugblatt gschrieben hoat oder weil.

Es woar ja san Bruder, sagt der Alois und glaubt an den Weihnachtsmann. Der Hubsi kann sich nicht erinnern, und dafür möcht er sich entschuldigen, das habe ihn zum tiefen Nachdenken gebracht, wenn er nur wüsst was.

Wir müssen uns unsere Demokratie zurückholen, hat der Aiwanger gerufen, und da jubelts orgastisch, als seien Bierzelte Paläste örtlicher Betäubung. So hats gejubelt, als der Gauland rief: Wir holn uns unser Land zurück. Und vor dem Zelt brät ein Spanferkel und im Zelt brät der Söder Markus den Grünen eins drüber, doas sein alles Gstalten ohne Geist sagt der Markus, der Feingeistige, und als er sagt, sein Hund habe a bessre Ausbildung als die Lang Ricarda und der Kühnert Kevin, da hallt das Echo der Begeisterung bis in den Felsspalten vom Arz- und Elbgebirg, wo die Hilde Angst hat, Deutschland könne morgen Lampedusa sein. Weil Rotgrün sagt, wir müssen jeden, der vor Krieg flieht, aufnehmen, es sei denn, das Mittelmeer hat ihn schon aufgenommen. Abdul der Syrer bräucht eine bezahlbare Wohnung, auf die Hilde mit ihrem Kind seit Jahren vergeblich wartet, weil keine gebaut wird. Und die Hilde bräucht den Kitaplatz, den aber die ukrainische Mutter braucht. 500 Tausend junge syrische Männer empfangen Bürgergeld, sagen die Nachrichten, davon seien 220 Tausend arbeitsfähig, und, sagen die Nachrichten, 400 Tausend Arbeitskräfte würden fehlen. Aber Abdul darf gar nicht arbeiten, hockt seit einem Jahr in einer Turnhallenecke, einen Steinwurf weiter von der Hilde weg, die wütend ist, dass die Ausländer immer bis nachts rumkrakelen. Die sollten, sagt die Hilde, lieber mal was Anständiges arbeiten.

Rotgrün sagt: Wir schaffen das. Außer dem Bürgermeister, der sagt: Die Stimmung kippt.

Die Hilde demonstriert, weil sie meint, den Flüchtlingen wird geholfen und ihr nicht und gilt nun als ein Nazi oder gegendert als Nazisse, denn neben ihr mit dem Schild AUSLÄNDER RAUS marschieren Nazis. Da müsste auch Abdul entsorgt werden mit »wohltemporierter Grausamkeit«, wie es mal der Herr Höcke forderte.

Der Herr Gauck will Spielräume entfalten, die inhuman klingen, das klingt so anders nicht. Und dann wäre noch die Angst von der Hilde, ob im nächsten Winter in ihrer Bude das Gas noch brennt oder schon die ganze Welt. Sie weiß, wer brutal angefangen hat, aber 500 Tausend tote und verletzte Soldaten für einen Schritt vor und einen Schritt zurück. Beide Seiten verkünden täglich Siege, aber keiner gewinnt. Da muss jetzt Schluss sein mit Waffen, sonst liefern wir auch noch Soldaten, sagt Hilde und ist nun Putins fünfte Kolonne.

Die Kriegskosten steigen, die Wirtschaftsprognosen sinken, der Kanzler sagt: Wir haben alles im Griff auf dem sinkenden Schiff. Einstein sagte: Wenn du der einzig Kluge im Raum bist, bist du im falschen Raum. Was, wenn wir uns geirrt haben?, fragte einst Obama. Frau Baerbock fragt nicht und nennt Xi einen Diktator und zerschlägt chinesisches Porzellan und wünscht sich bessere Beziehungen mit dem Scheich von Saudi-Arabien, der einen Jemenkrieg führt und den Schießbefehl gab auf die sich seiner Grenze nähernden Flüchtenden.

Und wenn wir nun Öl aus Indien kaufen, das Indien aus Russland kauft, nur damit wir sagen können, dass wir nicht Öl aus Russland kaufen, da geht die Moral auf den Strich, denkt Hilde.

Tucholsky sagte: Das Volk versteht das meiste nicht, aber es fühlt das meiste richtig. Nämlich die Arroganz der Macht.

Die Regierenden sagen: Niemand kann ein Volk lieben, außer die Imker. Imker können sogar mehrere Völker lieben.

Ein Drittel der Wähler will die AfD wählen. Was'n dann? Alle ausgrenzen? Für Hohepriester Gauck sind alle im Osten, die falsch wählen, »politische Blindgänger«. Recht hat er. Selbst zur Gründung einer rechtsradikalen Partei brauchten die blöden Ossis mit Höcke, Gauland, Weidel und von Storch westdeutsche Führer, sonst hätten sie nicht gewusst, wo rechts und links ist.

Die *Tagesschau* zeigt, wie Reichsbürger auf dem Reichstag üben, ihr Fähnlein für ihr künftiges Reich zu hissen. Schalt die Nachrichten aus, Hilde, damit es ein schöner Tag wird.

Februar 2024

X gegen Z – unverträgliche Generationsverträge

Der Chef der Sargfirma Särge & Co. versteht seinen Sohn Kai-Uwe nicht

Da klagt der Vater: Bei unserem letzten Gespräch, Kai-Uwe, da hattest du mir vorgeworfen, meine Generation sei schuld, dass alles so bleibt, wenn's anders wird. Weil wir weiter mit unsren dicken Hintern in unseren fetten SUVs sitzen wollen. Weil wir im Winter nicht im Pelzmantel und Filzstiefel vor dem Fernseher hocken, um Energie zu sparen. Ich sag dir, Sohn: Als ich jung war, wollte ich auch die Welt verändern. Es hieß nur nicht Fridays for Future. Für uns bedeutete Freitag nicht frei machen. Wir haben uns nicht angeklebt, sondern rangeklotzt. Wir wussten: Wenn du dir was leisten willst, musst du was leisten! So war das, Junge! Wir waren nicht nur Babyboomer, durch unsre Arbeit hat der Wohlstand geboomt. Und jetzt sind plötzlich alle ab Sechzig die Ärsche der Nation. Weil wir in den Arztpraxen die Wartezimmer verstopfen. Weil wir eure Rentenbeiträge verfrühstücken und eure Pflegebeiträge steigen, weil es immer mehr Alte im Heim gibt, für die jemand die Unterbodenwäsche bezahlen muss!

Da antwortet der Sohn: Vater, komm runter. Meine Generation ist doch schuld, oder? Wir sind doch faul und verwöhnt und von Instagram verblödet, oder? Von wegen mir was leisten, wenn ich was leiste. Wir könnten täglich drei Schichten hintereinander arbeiten, fürs Eigenheim reicht's nicht. Das war mal. Mit Arbeit wirst du nix mehr. Blöd an den Alten ist nur, dass es so viele sind. Die müssen von den Parteien mit Puderzucker gepampert werden, weil die ja die Wahlen entscheiden. Die Rentner bestimmen die Zukunft, obwohl sie gar keine Zukunft mehr haben. Und die noch die ganze Zukunft vor sich haben, haben keine Zukunft. Weil ihr uns mit eurem Wohlstand einen zestörten Planeten hinterlassen habt. Nicht persönlich gemeint, Vater. Dir wurde nichts geschenkt, o.k., du hast nur für deine Sarg-Firma gelebt. Was hattest du davon? Stress. Zwei Herzinfarkte. Hast gelebt, um zu arbeiten. Aber ich will arbeiten, wenn ich auch noch zum Leben komme. Wenn ich mal Kinder hab, da will ich nicht erst Rentner werden, um das zu merken. Ja, du bist im Urlaub mit uns auf die Seychellen geflogen, aber du hast am Strand ständig an deinem Handy gehangen, aus Angst, die könnten ohne dich in deiner Firma die Särge quadratisch zusammenzimmern. Du warst nie für mich da, Vater. Du hast mir, als ich im Kinderbett lag, nie vorgelesen, nie.

Da sagt der Vater: Aber Kai-Uwe, für wen war ich denn da, wenn ich nicht da war? Für dich! Damit du studieren kannst. Aber du hast das Jura-Studium abgebrochen und willst Schäfer werden. Gibst die Karriere auf, da muss man doch selbst ein Schafskopf sein. Ja, in der Natur leben! Und mir vorwerfen, dass ich kein Tofu esse. Das find ich geschmacklos! Zurück zur Natur, meinetwegen! Aber wenn alle aussteigen, nur weil die Welt ungerecht ist, dann wird die Welt noch ungerechter. Mein Sohn: Ich hatte Verantwortung für die Firma. Wenn mal in einer Hitzewelle viel gestorben wurde, da kann ich doch als Sargfirma dem Kunden nicht sagen: Sorry, ich bin jetzt im Urlaub, stirb langsam. Oder bei einer Sterbeflaute: Stirb schneller, Liebling, ich hab gerade freie Kapazitäten.

Aber der Sohn sagt: Vater, ich red ja jetzt vom Leben. Und da will ich, also: Ich möcht meinen Job dem Leben anpassen. Nicht mein Leben dem Job. Dass mir der Beruf Spaß macht. Das möcht ich. Hat dir dein Beruf eigentlich Spaß gemacht, immer Särge und Beerdigungen?

Ach, sagt der Vater, man lernt immer neue Leute kennen. Freilich, Danke können die ja nicht mehr sagen. Aber, es ist doch so: Wenn ich früher in meiner Firma einen Lehrling einstellte, hab ich ihm gesagt, wie's langgeht, da hab ich gesagt: Morgens bist du pünktlich. Und laufend auf'm Klo rauchen ist nicht. Wenn ich heute einen brauche, diktiert der mir erst mal die Bedingungen: Viertagewoche, keine Überstunden, und den Hund mit ins Büro nehmen. Mein Sohn: Das Leben ist kein Ponyhof. So ist es doch. Leben ist Pflichterfüllung!

Nein, Vater, erwidert der Sohn, Pflicht ist ein erfülltes Leben.

Wir verstehen uns nicht, sagt der Vater.

Da sind wir uns einig, sagt der Sohn.

Das tu mir nicht auch noch an, sagt der Vater.

März 2024

Atemlos durch die Macht

E-mail von Waldemar K.
an seinen Sohn Kai-Uwe

Mein Sohn, Du hast Dich vier Wochen nicht gemeldet, ich nehme an, weil ich unsere öffentliche Gesellschaft kriegssüchtig nannte.

Herrje, wie denn soll ich's nennen? Ist es doch, als habe die Zentralen der Macht die Furcht vor Frieden gepackt. Kriegstüchtig sollen wir werden, übereifert sich der Minister, nicht kriegsmüde werden warnt die Ministerin. Dauergäste kleben sich an den Talkshowsesseln fest und rufen Vorwärts mit Waffen!, obwohl mit Waffen längst nichts mehr vorwärts geht. Einseitige Berichterstattung wird zur Berichtbestattung. Ich höre den Kiesewetterbericht. Du weißt, Kai-Uwe, ich liebe Operetten: »Der Roderich, der Roderich, ich wollt, der Teufel hole dich«, aber es ist nicht der Vetter von Dingsda, es ist einer, der könnte mal Verteidigungsminister werden, einer, der den Krieg nach Russland tragen will, was wohl heißt, mit unseren Waffen Moskau bombardieren. Der

Krankenhausminister fordert, Kriegsverletzte aufzunehmen, denn die Nachrichten melden, in vier Jahren steht der Russe vor Berlin. Wie sonst soll Rheinmetall die Gewinnorgien begründen? Der Finanzminister will Soziales kürzen zugunsten der Militärausgaben, was so ähnlich klingt wie einst Kanonen statt Butter. Putin droht mit der Atombombe. Selenskyj fordert den Präventiefschlag gegen Russland.

Der Preis ist heiß, mein Junge. Frieden kann es geben zu den Bedingungen des Westens, Frieden kann es geben zu den Bedingungen Putins. Wenn Russland zu siegen droht, greift die NATO ein, wenn Russland zu verlieren droht, drückt Putin auf den Knopf. Weißt Du, Kai-Uwe, in den Talkshows, ich schalte manchmal noch ein, wer da auf Dialog setzt und Kompromiss, weil er Angst hat, dass die Welt in Fetzen fliegt, wie oft wird der von den Rittern der Schwafelrunde verhöhnt und verschwindet aus den Meinungsmacherstudios, als sei er ein Landesverräter.

Mein Sohn, ich weiß, wer den Krieg begonnen hat und dass, wer überfallen wird, unsre Hilfe braucht, ich weiß es, also setzt Putin auf die Kriegsverbrecherbank neben die anderen. Wer schon immer Russenhass in seiner DNA trägt, dem gab Putin brutale Nahrung. Seit Butscha ist das Bild wieder da vom Russen, der mit dem

Mund das Messer wetzt. Aber Butscha war auch das Massaker im vietnamesischen My Lei, war auch das Foltergefängnis von Abu Ghraib, Butscha war der bestialische Hamas-Überfall auf Israel, und Butscha ist heute in Gaza. Über 40 Tausend Weggebombte – wie soll ich das nennen, ohne gleich als antisemitisch beschimpft zu werden?

Wikileaks hat der Welt bewiesen, dass die NSA die ganze Welt abhört bis hin zum Privathandy der Kanzlerin, und nun sind wir ganz ganz sehr empört über Putins Lauschangriff. Geschichtsvergessenheit feiert hohe Zeit.

Mein Sohn, was ist aus unsrem Land geworden, in dem einst die Friedenstauben flogen? Du wirst sagen, das ist die Zeitenwende. Es könnt auch das Zeitenende werden.

Ich habe fertig.

Mai 2022

Lehrertag

Wenn der Lehrkraft die Kraft schwindet

Guten Tag. Mein Name ist Frau Lindskötter. Ich bin seit einem Jahr Lehrerin an der Dieter-Bohlen-Gesamtschule in Dresden-Pieschen. Ich bin Seiteneinsteigerin. Als ich von den Zuständen in unserem Schulsystem hörte, hatte ich plötzlich das Bedürfnis, meinen eigenen Beitrag zum Elend zu leisten. Deshalb habe ich meinen Beruf als Gefängniswärterin an den Nagel gehängt. Doch schon in einem kurzen Praktikum wurde mir klar, dass auch die Schule ein Gefängnis ist. Nur dass in der Schule die Insassen die Wärter foltern.

Wissen Sie, wie es in einer Schule zugeht? Ich sag es Ihnen: Saufen und rauchen, aber nicht lesen und rechnen können. Und bei den Schülern sieht es nicht viel besser aus. Und vor dem Klassenzimmer wartet auch noch eine keifende Menge und ruft: Wir sind die Eltern! Eine Hoerde von paranoiden Mutterschiffen, die von mir verlangen, dass ich aus ihrem kleinen Dummfick ein Jahrhundertgenie mache! Als ich einer Schülerin einen Eintrag gab, weil sie ihre Hausaufgaben nicht gemacht hat, schrie mich die Mutter an: Wie können Sie meine Karen-Vanessa für etwas bestrafen, was sie gar nicht gemacht hat!?

Und dann in meiner Klasse der Robert, so ein Mini-Skinhead, der Robert ist so rechts, der ist siebenmal durch die Mofaprüfung gefallen, nur weil sie sich geweigert hat, links abzubiegen.

Und was man laut Lehrplan alles lehren muss: 90 Prozent des Lehrstoffs, den die Schüler auswendig pauken müssen, sind Müll. Zu welcher Wortgruppe gehört das Wort manche? Wissen Sie's? Braucht im Leben niemand, muss aber in der 5. Klasse in die Köpfe getrichtert werden.

Das nur als Beispiel, dass unser Bildungssystem aus Zeiten stammt, in denen wir noch auf den Bäumen saßen. Und dann rief jemand: Alles, was bis drei zählen kann, runter von den Bäumen. Und die, die runtersprangen, wurden Lehrer. Aber wer will heute noch Lehrer werden? Bei Schülern, die nicht mehr lernen wollen. Fragen Sie mal einen Abiturienten, wie Goethe mit Vornamen heißt. Der wird Ihnen antworten: Fakju.

Ich halte das als Lehrerin nicht mehr aus! Ich kündige!

Ich hab mich als Chirurgin in der Uniklinik beworben. Die suchen dort Seiteneinsteiger.

April 2023

Der alte Mann und das Land

Zwischenfazit in ungereimten Versen in Zeiten der Ungereimtheiten

Sagen wird man über unsre Tage: Der Zeitgeist war wie eine Geisterzeit. Ein schönes reiches Land. Jedoch kein Land des Lächelns. Die Gesichter so, als stünden alle Krisen drauf geschrieben.

Warum seid Ihr denn so enttäuscht, dass der Kapitalismus so ist, wie er heißt: Kapital-ismuss? Die immer höher werdenden Türme der Konzerne werfen ihre Schatten auf die immer länger werdenden Schlangen an den Essen-Tafeln. Sie versprachen, dass das Recht siegt, doch es siegte meist das Geld. Den meisten ging es gut, weil's anderen nicht gut ging. Während unsrer Fastenkuren verstarben Kinder hungernd, an verseuchtem Wasser jeden Tag eintausend, während nebenan die Golfplätze beregnet wurden. Der Kampf Reich gegen Arm war längst entschieden.

Der Sozialismus wollt den neuen Menschen schaffen. Und ohne Volk hätt er gesiegt. Und nun versuchen es die Grünen. Und wieder ist das Volk im Weg. Es volkt nicht. Grüne gaben Polizisten den Befehl, auf die zu knüppeln, die den Kohleabbau enden wollten. Grüner Strom aus Kohle. Einst sollte eine Brücke nicht die Elbe überbrücken wegen einer einz'gen Fledermaus. Heut baun die Umweltretter Terminals fürs Öl, wo Heringsschwärme laichen. LNG mit einem Tritt der Umwelt in den Hintern. Guter Verrat ist teuer.

Die Ampel steht auf Gelb. Die Wisslinge sind vom Verkehr ideologiegeschwängert. Die Freiheit braucht die vierte Spur der Autobahn, doch von Solar flankiert. Als würd ein Schinkenburger durch ein Blatt Salat gesünder. Und das Radieschen SPD, wie es Tucholsky nannte: außen rot und innen weiß. Die Linken spalten schneller sich als das Atom. Die Rechten lachen sich ins Fäustchen, bis es eine Faust wird. Und wir wissen es: Ein Volk kann völkisch werden. Hass und Hetze feiern hohe Zeit. Wen also wählen?

Ein Merz macht keinen Frühling. Fridays for yesterday. Wer jung um seine Zukunft bangt und sich an Straßen klebt, dem wird mit Haft gedroht. Zukunft gestalten die, die sie verhindern. Wir haben die Regierung, die wir auch verdienen. Die großen Königsdramen schrieben Dichter. Die kleinen schreibt das Leben. Maria

Stuart und Elisabeth, sie stritten um die Macht genau so wie die beiden Weiber auf dem Fischmarkt, die sich um die Kunden prügeln. Wer will schon die Gebote Gottes, wir wollen Angebote. Der Mensch will kaufen. Er ist käuflich. Er weiß zwar, was er mit dem Wachstum, was stets wachsen muss, bald schafft: sich ab.

Der Erde wird es nutzen. Der Mensch ist willig, die Vernunft ist schwach.

Nah der Krieg. Bekannt ist der Verbrecher. Doch längst ist der Gerechte schuldig. Uns kostet dieser Krieg noch nicht das eigne Leben, doch wir sind schon dabei beim Töten. Die immer wussten, wo der Feind hockt, fühln sich nun zu Recht im Recht. Wer nach Frieden ruft gilt zynisch. Das Fernsehen sendet wieder in Schwarz-weiß. Die Wahrheit lügt nicht in der Mitte, weil Verschweigen keine Lüge ist. Sie fragen nicht, wer Nordstream sprengte, weil sie es längst wissen.

Sagen soll man über unsre Tage: Nicht Führungsmacht wollten sie sein und auch von keiner andren Macht geführt. Sie wollten einst kein kleiner Bruder sein und heute kein Vasall. Denn nicht unter und nicht über andren Völkern wolln wir sein, wie Brecht es riet. Schwerter zu Windrädern heißt nun die Losung unsrer Rüstungsindustrie. Und in die Banken ziehen Kinder ein, um gut zu lernen. Und die Banker ziehen in die Schulen und sieh da: Aus einstigem Verfall werden Paläste. Wer bei uns Schutz sucht, fühlt als Fremder sich zu Hause. Und in der Heimat fühlt mit seinen Sorgen sich der Heimische nicht fremd. Und Friede mit dem Nachbarn und der eignen Frau und auch mit dem, der stört. Das wird man sagen über unsre Tage. Die Hoffnung siegt zuletzt.

September 2023

Ich möchte auch gern woke sein

Erfahrungen auf dem Weg zu einem politisch korrekten Menschen

Nur ein Drittel aller Deutschen halten unsere Regierung für handlungsfähig. Das ist ungerecht. Erst jetzt hat die Ampel einmütig Cannabis freigegeben, damit man ihre Politik unter Drogen besser ertragen kann.

Es stimmt auch nicht, dass – wie der spanische Fußballchef einer Spielerin – nun Herr Lindner unsere Annalena auf den Mund geküsst hat und deshalb zurücktreten muss. Wenn übergriffige Küsse zum Rücktritt führen – welch friedliche Chance, eine Regierung loszuwerden. Knutscht euch! Aber korrekt wäre es nicht. Und politisch korrekt muss es heuzutage schon sein.

Um korrekt zu sein, traten bei einem Karl-May-Stück die Schauspieler in Alltagszivil auf die Bühne, damit alle sehen: Wir sind gar keine Indianer. Sonst wäre es Aneignung fremder Kultur.

Die *Tagesschau* lehrt mich, dass eine Mutter nicht mehr Mutter heißt. Sondern gebärende

Person. Ich versuche nun meinen Kindern beizubringen, dass ich nicht ihr Vater bin, sondern ihre nicht gebärungsfähige Person.

Ich begrüße es auch, dass eine alte Otto-Show im WDR mit dem Warnhinweis versehen wurde: Vorsicht, einige Passagen könnten als diskriminierend empfunden werden. Ich selbst wäre zu blöd gewesen, überhaupt irgendetwas bei Ottos Witzen zu empfinden.

Die Kabarettistin Anni Hartmann hat auf der Bühne Verständnis für die Straßenkleber geäußert, deshalb eine Anzeige erhalten und dann einen Brief vom Staatsanwalt, man werde noch mal von einer Verurteilung absehen, was man bei Wiederholung der strafbaren Handlung nicht mehr tun könne.

Liebe Kabarettisten: In der Diktatur konnte eine vom Mainstream abweichende Meinung eure Freiheit beenden, heute in der Demokratie nur eure Karriere.

Wir sind uns doch einig: Rassismus hat in der Sprache nichts zu suchen. Ich weiß: Sprache muss sensibler werden. Nehmen wir das N-Wort. Wenn ich mit dem N-Wort jemanden beleidige, dann sag ich es einfach nicht mehr. Es ist einfach ärgerlich, dass der österreichische Schokopudding immer noch Mohr im Hemd heißt. Da ist es wichtig zu wissen: Ein paar Wiener sind kein Ehepaar im Darm. Hätte das Hitler gewusst, hätte er Österreich nicht besetzt.

Früher war auch ich leichtfertig. Wenn da im Fernsehen Roberto Blanco zusammen mit Roy Black auftrat, habe ich gesagt: Guck mal, der eine sieht so aus wie der andere heißt. Heute würde ich das nicht mehr sagen. Das könnte als diskriminierend empfunden werden.

Ich bin ja an eurer Seite, wenn es gegen Diskriminierung von Minderheiten geht. Oder von Frauen. Wir sollten die alten Volksmärchen umschreiben. Da küsst ein Prinz einfach das schlafende Dornröschen, ohne es vorher zu fragen. Aber er müsste doch fragen: Darf mein Mund auf deinen Lippen brennen? Da hätte das schlafende Dornröschen antworten können: Hau doch ab und lass mich pennen!

Eins noch: Der Kanzler hat Demonstranten, die Friedensparolen riefen, als »gefallene Engel aus der Hölle« beschimpft. Es heißt: Der Engel. Aber herumfliegende Engel sind meist weiblich. Da hätte der Kanzler mit »gefallene Flügelfigur*innen« schon korrekt gendern müssen.

Übrigens: In der Hölle ist es nicht so bigott langweilig wie im Himmel. Dort gendert, wer gendern will und wer nicht, lässt es. Und dort küsst, ohne Angst vor Cancle culture, der Prinz das schlafende Dornröschen wach. Wenigstens im Märchen darf es noch Märchen geben. Und ein homosexueller jüdischer Moslem küsst einen orthodoxen russichen Transvestiten mit sächsischen Wurzeln. Und der katholische Bischof segnet sie. Unten in der Hölle muss die Freiheit wohl grenzenlos sein.

Juni 2023

Hoffentlich wird es nicht so schlimm, wie es jetzt schon ist

Nachdem Karl Valentin diesen Satz sagte, begann der Weltkrieg

So weit ist es noch nicht. Aber wir sind auf einem guten Weg. Vor einem Jahr begann eine korrupte Oligarchie einen Krieg gegen eine korrupte Oligarchie, die wir Demokratie nennen. Selbst einer undemokratischen Demokratie müssen wir beistehen, wenn sie überfallen wird. Putin schickt eine ganze Generation junger Soldaten zum Abschlachten. Eintausend an einem Tag getötet, verkündet stolz Selenskyj. Putin hat ganz viele parat zum Töten und verkündet stolz: Mykolajiwka erobert. »Wann der Krieg beendet wird, entscheidet allein die Ukraine«, sagt der Herr Röttgen, wenn er gleichzeitig bei Lanzwillmaischillner sitzt. Frau Strack-Zack sitzt auch bei Lanzwillmaischillner und ärgert sich, dass sie nicht selbst eine Haubitze ist, die sie liefern kann. Herr Hofreiter winkt aus einem Kampfjet mit einer verwelkten Sonnenblume, die rote Saskia sitzt neben ihm, Lars Klingbeil träumt von Deutschland als militärischer Führungsmacht, statt erst mal die Führungsmacht in intakter Infrastruktur zu fordern, damit die Panzer nicht gleich auf der nächsten Straße ins Schlagloch fallen, wenn sie gen Osten rollen. Der Chor der Medieneliten stimmt ein ins Einheitsfrontlied, als hätten sie mit den Politikeliten guten Beischlaf gehabt. Dem heemdickschen Sachsen kommt die Meinungsgleichschaltung bekannt vor, und manche schalten da halt ihre Meinung gleich mit der AfD.

Das Bundesverfassungsgericht urteilte vor sechzig Jahren im Spiegel-Skandal: »Eine freie, nicht der öffentlichen Gewalt unterworfene Presse ist für eine Demokratie unerlässlich.« Heute wirbt das Nachrichtenmagazin für Waffen und beschreibt den Leo als eine Art neue C-Klasse aus einer schönen »Familie«, schon von der »keilförmigen Front« her und dem »neuen verlängerten Rohr, das erhöhten Gasdruck aushält«. Da steigt meine Lust, selbst einen Leo zu besitzen, wären nicht die Stellflächen in der Tiefgarage so eng. Hätten wir ältere Modelle in die Ukraine geliefert, hätten die Panzer selbstständig den Weg dorthin gefunden.

Panzer gehen beim Schießen kaputt. Da müssen wir nachliefern. Soldaten gehen beim Schießen kaputt. Wann müssen wir nachliefern? Die rote Linie ist eine steile Fieberkurve, und bei 42 Grad ist Feierabend. »Wir befinden uns in einem Krieg gegen Russland.« Ich bin Frau Baerbock für ihre Ehrlichkeit dankbar. Sie befand sich schon im Krieg mit Russland, als es noch gar keinen Krieg gab. Der Russlandhass liegt in ihrer DNA, da kann sie nix für.

Karl Valentin sagte, er habe keine Furcht, es sei denn, er bekäme Angst. Millionen Menschen haben Angst, dass die Welt kaputt geht. Und wir können keine nachliefern. Die Ukraine wurde angegriffen. Sie ist im Recht. Putin ist der brutale Aggressor.

Aber wie viel Recht rechtfertigt wie viel Tote? Der Korea-Krieg begann einst, weil das Land gespalten war durch die Interessen von Großmächten. Der folgende Krieg kostete viereinhalb Millionen Soldaten und Zivilisten das Leben. Als das Siegen für beide Seiten aussichtslos wurde, ward das Land gespalten, wie es vorher war. Wofür alles Sterben? Wissenschaftler erforschten, dass Einzeller aus Erfahrungen lernen können. Der Mehrzeller Mensch ist offensichtlich dazu nicht in der Lage.

Anfang September 2024

Ein Gespräch im Hause Seeblick mit der anwesenden Frau von Schlück

Smalltalk, wenn sich die Ostseewellen im Kopf brechen

Der Sommer begann Abschied zu nehmen, aber es flirrte immer noch heiße Luft über dem Meer, sodass am Horizont die verglühende Sonne flimmerte wie eine Fata Morgana. Ich saß mit B. in der Strandveranda, in der ich Frau von Schlück wiedertraf, die ich schon vor Jahren genau an diesem Tisch kennengelernt hatte. Diesmal saß ihr Mann neben ihr.

Ich sagte: Ihr Mann lag damals im Krankenhaus.

Frau von Schlück freute sich: Das wissen Sie noch? und schob sich ein Stück Erdbeertorte in den Mund, von der ein cremiges Rot an der Lippe kleben blieb wie die Nudel bei Loriot. Ja, sagte sie, meinem Lotharchen haben sie damals den Blinddarm entfernt.

Ach, sagte Herr Schlück, ich bin eigentlich in die Klinik wegen akutem Magen, da gab es jedoch erst in fünf Monaten einen Termin, aber bei Blinddarm hatten sie noch was frei. Er lachte etwas zu laut in die Sonnenuntergangsromantik: Ich dachte, was weg ist, ist weg.

Frau von Schlück tätschelte Lotharchens Hand: Ihn hätten Sie nicht wiedererkannt, schlank wie er heute ist!

Ich ahnte, was mir der Blick von B. sagen wollte: Das ist, weil du noch deinen Blinddarm hast.

Auf der Bank gegenüber der Promenade, auf der sich jetzt ein Pärchen so eng ineinander schmiegte, als fröstelte es in der Abendsonne, hatte ich B. kennengelernt. Damals war das Strandcafé noch eine Bockwurstbude.

Frau von Schlück sagte: Eigentlich wollten wir nach Mallorca, aber die Mallorkesen wollen uns ja nicht mehr.

B. sagte: Sie meinen Irokesen.

Aber B.s Witz blieb an Frau von Schlücks Mundlippe hängen, von der nun die Tortencreme auf die tüllplissierte Brust fiel.

Irokesen sind Indianer, sagte sie pikiert.

Lotharchen rettete sie: Und wir wollen doch nicht wieder zu den Roten, die hatten wir doch in der DDR schon.

Das fanden wir alle sehr lustig.

Malle ist teuer geworden, sagte Herr Schlück, fünfundzwanzig Euro, du denkst, das ist eine

Speckgriebe zwischen den Kartoffeln, aber es ist der bestellte Kabeljau.

Frau von Schlück lachte: Typisch mein Mann, Jura studiert und trotzdem witzig.

Herr Schlück prustete vor Lachen seinen Schluck Tee ins Glas zurück: Wenn ich als Richter Urteile verlese, feixen die Angeklagten.

Die Leichtigkeit des Abends war wie entspannendes Yoga. Ich hatte gestern im Hotel die Fernsehnachrichten nicht aus dem Kopf bekommen. Beim Sommerfest der Volksmusik hatte Silbereisen gesungen: Gott schaut mir zu bei allem, was ich tu. Ich dachte, da möcht ich nicht Gott sein, zappte weiter, landete bei einem Talk, in dem Hirschhausen erklärte, warum der Blinddarm im Dunkeln nicht zu sehen ist und warum man heute den Urknall nicht mehr hören kann. Das Fernsehen meldete ein Attentat auf Trump, und ich verdarb B. den Urlaubsabend mit Diskussionen über das Ende der Demokratie. Herr Schlück würde einfach sagen, dass Trump einen Schuss hat. Und wir würden alle lachen.

Aber als ich dann doch mit Herrn Schlück über Kriege sprach und ihn mit weinhaltigem Kopf erinnerte, dass der Atomkrieg schon in den Startlöchern stand, damals 62 zur Kubakrise, da sagte Herr Schlück mit mich überraschendem Ernst: Die Geschichte lehrt, dass sie sich nicht wiederholen darf, aber sie hat schlechte Schüler.

Es war still, der Tag hatte das Licht verloren, die Wellen brachen sich leise, als wollten sie unsere Stille nicht stören. Bis Frau von Schlück sagte: Es wird wieder Krieg geben.

Die Dunkelheit fiel aus den Wolken, als ich mit B. im Strandsand die Füße in der Gischt kühlte.

Es war ein guter Tag heut in der Sonne, sagte B.

Ich sagte: Es wird kälter werden, Hauptsache, dass die Lust am Leben nicht friert.

B. schwieg lange, bevor sie sagte: Da müssen wir lernen, auch im Regen zu tanzen.

Oktober 2022

Der Achtzigjährige, der aus der Politik stieg

Ein alter weißer Mann hat eine Vision

Das geht doch nicht, sagt Gregor Gysi beim Lanz, dass ein Drittel des Volkes der Politik nicht mehr vertraut. Da hat schon der Brecht den Mächtigen in der DDR vorgeschlagen, sich ein neues Volk zu suchen. Aber woher nehmen? Es gab ja nischt. Besonders die Ostdeutschen sind auch heute noch miesepetrig wie saure Spreewaldgurken und demonstrieren laufend ohne zu fragen, weil sie denken, sie könnten das so einfach machen wie im Herbst neunundachtzig. Blöd ist halt, dass nicht jeder Demonstrierer seinen Mitspaziergänger fragt, ob er Nazi ist. Und wenn der sagt: Ja!, dann ist halt der widerstandsgestählte Sachse störrisch und spaziert weiter. Ein paar schreien freilich heute noch »Frau Merkel muss weg!«. Und ein paar fühlen sich verfolgt wie Juden im KZ, weil sie keine Impfnadel in den Arm bekommen wollen, und sie zeigen stolz den ungeimpften Arm statt den Hitlergruß. Es gibt halt immer welche, wenn die den Kopf verlieren, ist nichts weg. Gut, damals in der DDR, Ärmel hoch, zackzack, eine Impfung nach der anderen, das nannte man damals Nadelarbeit. Aber das war ja in der Diktatur, der ein bisschen Demokratie gutgetan hätte. Heute, wenn da der alte weiße Mann die Hasstiraden hört, die unbestraft bleiben, da denkt er: Manchmal würde ein bisschen Diktatur der Demokratie gut tun.

Blöd ist nur, wenn der Demonstrant seinen Mitläufer fragt, wer bist du?, und der antwortet: Ich bin Paketausträger, ich hab zwei Jobs, weil es sonst nicht reicht. Oder: Ich war Krankenschwester, aber ich hab die Last nicht mehr ausgehalten. Oder: Ich bin alleinerziehende Mutter, ich muss wegen der gestiegenen Miete aus der Stadtwohnung raus. Und wenn Coronazahlen gesödert sind, also bissel so wie gelogen. Oder wenn Politiker vor den Wahlen Tralala riefen und nach den Wahlen Trullala. Da wird's dem Mitläufer im Gehirn meschugge. Oder wie der Sachse sagt: Da griegt er ä gleenen Haschmisch. Weil er hört, dass allein in der Pandemiezeit sich die Zahl der Millionäre verdreifacht hat und der Hartzvierer drei Euro mehr kriegen soll bei fünf Prozent Inflation. Da fühlt sich der kleine Mann von den großen Männern wie so'n bissel verarscht. Ich bin Nazi, die Antwort wäre schön leicht zu beantworten gewesen. Aber wenn da einer mitläuft, der weder rechts noch links ist, sondern einfach abgehängt worden ist wie Jesus? Der ein Hirte der Schwachen war. Wenn das Volk blöderweise erfährt, dass die Amazon- und Facebook- und Tesla-Chefs in einem Pandemiejahr hunderte Milliarden Gewinn anhäuften und Steuern nahe Null zahlen. Und der neoliberale Herr Lindner klatscht hinter der Gardine Beifall, weil er in der Koalition verhindert hat, dass die Superreichen mehr beitragen zum sozialen Frieden. Glücklicherweise weiß das der Mitläufer oft nicht, sonst würde er blöderweise auf die Idee kommen, dass das Streben einer reichen Elite nach Weltherrschaft gar keine Verschwörungstheorie ist.

Und da hat der alte weiße Mann so eine kindliche Vision: Der ahnende Sachse demonstriert, dass die Politik diene dem Frieden auf Erden und den Menschen ein Wohlgefallen sei. Aber, na ja, das war ja die Botschaft der Engel. Und man kann von Politikern nicht verlangen, dass sie Engel sind. Aber wenn wenigstens ihre Gedanken Flügel hätten. Red Bull könnte helfen. Red Bull verleiht Flügel. (Sorry, bei den durch die Inflation teuren Preisen tut ein billiger Gag vielleicht gut.)

März 2022

Wir amten unsres Waltes

Behördliche Behörden ordnen Folgendes an

Jetzt mal Schluss mit der Kritik an uns. Sonst ist Schluss! Wir sind doch mit unseren Anweisungen zur Eindämmung der Ausbreitung der Pandemie besser als Architekten: Uns fällt viel ein! Wenn ein einsamer Jogger durch den einsamen Wald joggt, muss er halt Mundschutz tragen. Schon um unsere Bäume vor Viren zu schützen. Ihr seht doch, wie unsre Wälder schon aussehen.

Oder wenn ein unrüstiger Rentner beim Spaziergang auf einer einsamen Bank verweilen will, werden ihn unsere Ordnungshüter wieder auf die Beine zerren. Wir haben doch das Schild Verweilverbotszone nicht umsonst aufgestellt. Da gibt's ein saftiges Bußgeld, na aber! Da nehmen wir unsere Arbeit nicht nur ernst, sie macht uns sogar Spaß. Da kann nicht einfach ein gesunder achtzigjähriger Mann seinen Impftermin seiner kranken neunundsiebzigjährigen Frau schenken wollen. Unsere Festlegung, wer wann zur Risikogruppe gehört, kann man nicht missachten, nur weil die vorerkrankte Frau an Corona sterben könnte. Wo leben wir denn! Es muss doch alles seine Ordnung haben! Wir tun ja schon alles, was nicht funktioniert. Und das ist doch besser, als nichts zu tun, was funktioniert. Wo wir sind, ist das Chaos. Aber wir können doch nicht überall sein. Wir haben viel gelernt seit der Pest: Abstand halten und zu Hause bleiben! Da fragt uns so ein Wutbürger, wie er denn zu Hause mit dem Einmeterfünfzig-Abstand mit seiner Gattin beischlafen kann. Da braucht's ein bisschen deutschen Erfindergeist, lieber Wutbürger. Da muss man halt mal den Vibrator an den Besenstil binden.

Liebe grollende Masse: Unsre Kanzlerin hat euch doch bestätigt, sie sei mit dem Verhalten der Bevölkerung sehr zufrieden. Sie wollte damit sagen, sie vertraut euch, dass ihr frisch gewindelt und gepudert beim Homeoffice vor dem PC sitzt. Und viele haben sich des Vertrauens würdig erwiesen. Ihr habt euch brav die Hände gewaschen, wie es Mutti gesagt hat. Freilich, ein paar Abgeordnete haben verstanden, eine Hand solle die andere waschen. Aber es gibt nur ein Reinheitsgebot für deutsches Bier, nicht für Abgeordnete. In einem System, in dem es um persönlichen Profit geht, kann man nicht fordern, dass es um Moral geht. Man kann doch einer Prostituierten auch nicht vorschreiben, dass sie Jungfrau bleiben soll.

Ja, wir haben Fehler gemacht. Wir haben die Alten nicht geschützt. Wir haben zu spät bemerkt, dass in den Heimen Tausende sterben. Wir haben zu spät bemerkt, dass das unsere Rentenkasse entlastet. Aber das war nicht unser Ziel. Es ist nur ein positiver Nebeneffekt, der beweist, dass man nicht alles, was wir nicht tun, nur negativ sehen muss. Wir haben euch die Würde wiedergegeben, indem die Frisöre öffnen und ihr euch die Haare schneiden lassen dürft. Dafür haben wir eure Grundrechte beschnitten. Man kann nicht alles haben. Und, liebe Hartz-Vierer, liebe Alleingelassene, die euch unsre Hilfe nicht erreicht: Die Würde reicht nicht für alle. Wir tun schon alles Unmögliche. Wir sind beschränkt in unseren Verordnungen. Wir möchten zwar, doch wir können nicht. Das geht nicht nur Eunuchen so. So kann es natürlich nicht weitergehen, es sei denn, es dauert noch länger. Seid doch stolz auf uns: Wir machen alles gründlich. Auch unser Versagen. Ihr habt im Grunde recht, dass wir die Grundrechte verletzen. Aber euer Zorn wird uns nicht treffen. Eher treffen wir euch. Bis bald.

Februar 2024

Warum ich heute keine Kolumne schreibe

Frühstück mit B. und einem Ei in der Hauptrolle

Ich antwortete: »Das ist gefährlich, wenn Politik und Medien immer unglaubwürdiger werden, wenn zum Beispiel Olaf Scholz über Netanjahu sagt, dass er ihm vertraut. Ich frage: Hat er ihm vertraut, als der seine Siedler im Westjordanland palästinensisches Gebiet besetzen ließ und alles tat, um eine Zweistaatenlösung zu verhindern?« – »Was soll er sonst sagen?«, unterbricht B. meinen Wortschwall, »schon wegen der Staatsräson!« – »Das ist ja o.k.«, verteidige ich mich und köpfe das zu weich gekochte Frühstücksei wie mit einem Schwert, dass es aussieht, als flösse gelbes Blut über den Eierbecher. »Das Existenzrecht Israels steht doch für jeden, der kein rechter Idiot ist, nicht zur Diskussion, und das der Ukraine auch nicht, aber es gibt doch auch eine Staaträson für die Wahrheit weil: Sonst glaubt ihnen keiner mehr.« – »Mit der Last des Holocaust hat Deutschland kein

Recht auf Neutraliät.« – »Bedingungslos? Weil wir auf der richtigen Seite stehen?«, frage ich und sage: »Es gibt im Krieg keine richtigen und falschen Toten. Es gibt nur Tote. Es gibt keine guten und bösen Verbrechen. Es gibt nur Verbrechen.« – »Muss das Thema jetzt sein?«, fragt sie und gießt Hafermilch übers Müsli. »Ja, jetzt, weil ich die Kolumne abgeben muss.« Es ist, als erstarre der Milchstrahl eine Nanosekunde zwischen Tetrapack und Teller: »Und das willst du in der Kolumne schreiben? Nachdem die Hamas ein Musikfest feiernde junge Israelis abgeschlachtet und verschleppt hat? Nachdem dein Dresdner Freund unter Politzeischutz steht, nur weil er Jude ist? Nachdem Hakenkreuze auf Synagogentüren geschmiert werden, in Deutschland?«

Brötchenkauend fühle ich mich bedrängt und bemüßigt zu betonen, dass ich nie in meinem Leben gefragt habe, ob wer ein Jude sei und dass ich schon allein die Frage danach für antisemitisch halte, weil es egal ist, ob jemand Jude ist. Oder Moslem. Oder Ukrainer. Oder Russe. »Oder Sachse«, versucht B. kurz Lockerheit und fragt mich, ob ich nicht Wut und Rache der Israelis nach dem Massaker verstehen könne, worauf ich B. frage, ob sie Wut und Rache der Palästinenser verstehen könne nach ewiger Vertreibung und Besetzung. »Wut und

Rache«, füge ich hinzu, »sind keine politischen Kategorien. Wenn auf Waffen Waffen folgen, Terror auf Terror, Gewalt auf Gewalt, dann sind wir zurück in der Barbarei. Dann ist das das Ende der Aufklärung.« B. lächelt mir mild ins Gesicht: »Dann müsste sofort Selenskyj mit Putin verhandeln und Netanjahu mit der Hamas? Das lieb ich so an dir: Spinner und Träumer.« Mir gerät ein Stück Eierschale in den Mund, es knirscht. Vielleicht wäre die Welt ein Stück besser, wenn es mehr Spinner und Träumer gäbe, denke ich. »Schreib darüber nicht, das gibt nur Ärger.« – »Ach«, sage ich, »diesen Satz hast du schon mal vor vierzig Jahren gesagt, als du zum ersten Mal einen Text von mir gelesen hast.«

Frau Strack-Zack nennt den UN-Generalsekretär »für sein Amt ungeeignet«, weil er Israel zur Zurückhaltung auffordert. Oder ist es Frau Strack-Zack? Frei das Land, in dem man zweifeln kann. »Du hast dich bekleckert«, sagt B.

Alle Jahre wieder

Reif für die Insel

Endlich grenzenloser Urlaub!

Zu Abertausenden geben wir uns in diesen Tagen den kollektiven Marschbefehl und emigrieren zum ersten Mal in die Ferne. Aus der geschäftlichen Hektik von Großraumbüros, Verkehrschaos und Kaufhausgewühl fliehen wir, zwischen Koffer und Familienbagage geklemmt, hinters Lenkrad. Vatis Fuß zuckt auf dem Gaspedal, sodass Motor und Mutti erschreckt aufjaulen. Der Wagen schießt, ohne die linke Spur zu verlassen, direkt auf die Autobahn, bis im Frühstau zu Berge wir stehn, vallera. Noch ehe die Sonne versinkt im blauen Abgas wunderbar, erreichen wir den Frankfurter Flughafen mit Müh und Not, drängen in der Hundertmeterschlange bis zur Abfertigung, zwängen uns in den Jumbojet, um stundenlang auf einem viel zu engen Sitz angeschnallt und mit vor Flugangst verzerrtem Gesicht einem Todeskandidaten auf dem Elektrischen Stuhl zu gleichen.

Endlich öffnen sich nach verspäteter Landung die Türen des fliegenden Transportpanzers, und wir purzeln mit steifen Gliedmaßen die Gangway hinunter mitten hinein in die Kreislaufkollaps-Hitze. Geduckt unter dem Gedröhn startender Maschinen ein kurzer hechelnder Zwischenspurt, um einen Gepäckwagen zu ergattern.

Ein erster Etappensieg: Der richtige Hotelbus schüttelt uns bis zum richtigen Hotel, wo wir grad noch den ersten Essensdurchgang erreichen und frohgemut im Restaurant »Exotic« ein deutsches Schnitzel kauen dürfen, während hinter uns schon der zweite Durchgang auf die Plätze lauert. Mit letzter Kraft erreichen wir die Betten, fallen siegreich aufs Laken, aber aus der darunter tobenden Techno-Disco bumst es noch ein paar Stunden per Bassverstärker in die Betonzellen der die Nachtruhe genießenden Urlauber.

Der Schlaf währt nicht lange: Früh gegen fünf rüttelt Vati die Mutti wach. Mutti, noch im Halbschlaf, ist irritiert: Was denn, um die Zeit hat er doch noch nie gewollt!? Aber da zischt Vati in ihr Ohr: »Los, Gerda, schnapp dir die Handtücher, wir müssen die Liegen besetzen!«

Zu spät! Für diesen Tag muss sich die Familie mit einem freien Quadratmeter steinigen Strands begnügen, um sich zwischen Tausenden in der Tropenglut röstenden Fleischklumpen niederzulassen. Zum Torso zusammengefaltet, die Knie im Bauch des nächsten Grillhähnchens, tippt Vati den Nachbarn verlegen an, um ihn höflich aufmerksam zu machen: »Sie, das ist mein Rücken, den Sie sich da einschmieren!«

Aus einem Recorder kämpfen die ABBAs gegen Tom Jones aus dem Strandbarlautsprecher, ein bauchiger Vertreter der freien Strandwirtschaft steigt über die wie zwei Spiegeleier in der Sonne brutzelnden nackten Brüste von Mutti und preist seine Coca-Cola mit kanarischen Urlauten, die Vati auch unter Benutzung des Spanischwörterbuches nicht enträtseln kann.

»Ach, unter freiem Himmel in freier Natur«, schwärmt Mutti, und Vati summt das alte Kampflied »Brüder, zur Sonne zur Freiheit« romantisch vor sich hin, während am Ufer die Motoren der Speedboote vor Freude dröhnen.

Keinen Hautkrebs scheuend, wälzen sich die Individualtouristen in Massen erst vom Strand, als die Wolken das Ozonloch schließen, und alle treffen sich abends im Speisesaal, wo lustige Animateure den sonst so verklemmten Vati so lange anmachen, bis er beim Eiertanz die Hosen fallen lässt und dafür als ersten Preis einen Lolli gewinnt.

Abgefüllt mit Bacardi-Rum und Campari spät nachts wieder im Schlafsilo, leistet sich der luxusverwöhnte Urlauber noch eine Stunde

RTL oder SAT 1 frisch aus der Schüssel, um in früher Stunde diesmal beim Kampf um die Liegen der Erste zu sein.

So erholsam gehen die erholsamen Tage dahin. Und wenn alle vom Stress befreit nach zwei Wochen wieder zurückkehren in die Hektik von Büros, Kaufhausgewühl und städtischem Verkehrschaos, haben sie das gute Gefühl, Kraft getankt zu haben bis zum erholsamen Urlaub im nächsten Jahr.

Dezember 2023

Weihnachten lügt vor uns

Was ich mir vom Weihnachtsmann wünsche

Lieber Weihnachtsmann, die Wolken hängen voller Frust, der Unmut feiert hohe Zeit, drum schenk uns Wärme. Lass die Lichter brennen, nicht die Welt.

Der Glühwein glühte auf den Weihnachtsmärkten, wir standen, als drohten Grüne mit dem Fleischverbot, nach einer Bratwurst Schlange, geschützt von Klötzern aus Beton, dass Terroristen nicht unser Stückchen heile Welt rammen. Die Engel singen von Friede und Freud, doch was ist friedlich? Atomwaffen fordert einer, der einst Steine warf gegen die Aufrüster. Das ist so, wenn die 68er über 68 sind, da rufen sie nach Rüstung, wenn sie nicht mehr rüstig sind. Die einst den Wehrdienst verweigerten, fordern heut die Wehrpflicht.

Lieber Weihnachtsmann, schenk uns einen Friedensplan. Von Putin wird er nicht kommen, nicht von Netanjahu. Und wenn die Hamas besiegt ist und Israel nicht mehr brutal überfallen und keine Geisel mehr hingeschlachtet werden kann, steigen Hamas-Führer in Katar in den Swimmingpool. Es leuchtet über Bethlehem kein guter Stern.

In Talkrunden redet eine Militärberaterin heiter über Panzer. Soldaten wohnen auf den Kanonen und schießen mit Konfetti. »Ich versuche zu allem eine heitere Beziehung zu haben«, sagt eine junge NATO-Strategin, dann sagt sie: »Das Militär ist unsre Zukunft.«

Lieber Weihnachtsmann, sag bitte denen, die zu jung sind, es zu wissen: Nie hatte Deutschland eine Zukunft, wenn das Militär die Zukunft war.

Der Silbereisen Florian singt, dass Wunder über Nacht geschehn. Aber über Nacht geschieht als Wunder beim Lanz der Kiesewetter Roderich. Als einer von den Ärzten ohne Grenzen über die katastrophale Not der Verblutenden im Gazastreifen spricht, da sagt der Roderich, dass man diese Bilder aushalten müsse, es gibt »keine andre Wahl«.

Lieber Weihnachtsmann, kannst du uns nicht vor diesen steinernen Herzen schützen, die die Gefallenen auf beiden Seiten aufzählen, und wer am meisten hat, hat gewonnen.

Kannst du, lieber Weihnachtsmann, den Propagandisten des Weiterschießens nicht befehlen, einmal zu schweigen? Wenigstens einmal, wenn Stille Nacht ist? Damit die Ärzte ohne Grenzen unsre Zukunft sind und nicht die Ärsche ohne Grenzen.

Lieber Weihnachtsmann, du bist ja auch mit einer Rute bewaffnet. Damit drohst du unartigen Kindern. Deshalb warst du, als ich klein war, mir nie willkommen. Ich wünsche mir von dir: Stecke deine Rute ein und lass die Kids unartig sein. Brave Mitmarschierer gibt es schon genug, sie lähmen unser Land. Gewöhne dir bitte diese angsteinflößend tiefe Stimme ab, wir sind schon voller Ängstlichkeit, und Angst frisst Seele auf. Neue Weihnachtsmänner braucht das Land, weiße alte Männer wie du und junge schwarze Weihnachtsfrauen oder einen Moslem, der einen Juden geheiratet hat – das Fest wird bunter. Wir öffnen, wenn du Heiligabend klopfst, weit unsre Tür und lassen uns beschenken aus einem Sack voller Menschlichkeit. Das wird unsre weihnachtliche Leitkultur.

Wer nicht unsre Werte teilt, gehört nicht zu uns, steht im CDU-Parteiprogramm. Barmherzigkeit und Hilfe in der Not, wenn das noch Werte sind: Schade, dass da der Söder Markus nicht mehr zu uns gehört, wenn er die AfD rechts überholt mit dem Versuch, Asylrecht zu verweigern. Die Christenheit hat Jesus nicht zum ersten Mal verraten. Schiebt alle ab! Vielleicht putzt dann der Höcke Björn die Hintern in den Pflegeheimen, braunen Geruch ist er gewöhnt.

Schenk, Weihnachtsmann, den Linken keinen Leim. Da hilf kein Kitt. Der Bazillus Spaltpilz liegt in ihrer DNA. Und werfe die, die rechts wähln, nicht alle in den Nazitopf, doch Nazis nenne Nazis. Verschone uns vor all dem Hass auf Politiker und Politik. Schau in den Duden, was Politik heißt: Poly heißt viel und Tic kramphaftes Zucken. Das tun sie doch, wenn sie regieren: krampfhaft zucken. Vielleicht wär's heller in der Heilignacht, es führten uns die heiligen drei Könige und nicht drei Haushaltslöcher. Die Deutsche Bahn steht auf dem Abstellgleis, doch ihre Manager zahln sich als Boni fünf Millionen. Wer sind da die Sozialschmarotzer?

Der DAX steigt und der Meeresspiegel. Den Ärmsten steht das Wasser schon bis zum Hals. Vor der *Tagesschau* kommt die Börsennachricht, nicht der Sandmann. Wir wolln's doch so. Denn noch geht es uns gut. Die meisten haben alles, was sie brauchen. Und manche haben, was keiner braucht.

Bitte, Weihnachtsmann, wenn du im Land ein Meckern hörst, es sind nicht Ziegen. Es tönt am lautsten her von denen, die sich den dritten Jahresurlaub auf Mallorca nicht mehr leisten können. Denen es zu gut geht, geht es immer schlecht. Ja, im steilen Krisenmodus bremst bergunter keine Schuldenbremse, die Schulen sind verrottet, digital sind wir im Tal, und wenn wir in die Zukunft fahren, brechen unter uns kaputte Brücken weg.

Die Warnsirenen müssten heulen im Dauerton. Doch bitte, lieber Weihnachtsmann, am Heiligabend lass die Glocken klingen. Der Mensch braucht eine Hoffnung. Schenk den Jungen Zuversicht und der Oma Zähne. Und lass uns dem Nachbarn ein Lächeln schenken. Denn manchmal ist am wertvollsten, was nichts kostet.

Januar 2024

Wer ist ostdeutsch und warum und bis wohin?

Neue Studie nach dem Studium einer neuen Studie

Um herauszufinden, ob Ostdeutsche wirklich so benachteiligt sind wie sie behaupten, erforschte das Zentrum für Integrations- und Migrationsforschung, wie viel Prozent aller Deutschen überhaupt ostdeutsch sind. Denn so wie Maikäfer, die im Juni fliegen, keine Maikäfer sind, sondern Junikäfer, hat auch nicht jeder, der einen in der Krone hat, ostdeutsche Wurzeln.

Ostdeutsch sei zunächst, so die Studie, wer »geoostdeutsch« sei, also im Osten wohne. Das sind 16,7 Prozent. Das bildet aber die Situation ungenau ab. Wozu zählt, wer wegen Mietschulden aus der Wohnung fliegt und obdachlos herumliegt? – wohnt der noch oder zählt der nicht? Oder wer in einem Haus wohnt, dessen Küche zu Thüringen, das Klo aber zu Bayern gehört? Ist der ost- oder westdeutsch, oder entscheidet, ob er sich am meisten in der Küche oder auf dem Klo aufhält? Oder Lucia aus Andalusien, die jetzt in der Bodenkammer bei einem Zahnarzt aus Dresden wohnt, um bei ihm Küche und Klo zu putzen? Und dann von ihm ein Kind bekommt, dass in ihrem Bauch wohnt – ist dann der Bauch spanisch oder ostdeutsch? Sie sehen, es ist kompliziert.

Deshalb, so die Studie, gäbe es noch die Einteilung nach »bioostdeutsch«. Die Bioostdeutschen müssen zwar nicht in der Biotonne, aber in Ostdeutschland geboren sein. Also auf echtem ostdeutschen Boden. Sozusagen als Bodensatz. Das sind 2 Prozent.

Ich bin in Breslau geboren, was heute Wroclaw heißt und polnisch ist, bin also nur zur Hälfte Biomasse, was ja ökologisch gesehen gesund ist. Bedenkt man, dass meine Mutter in einem polnischen, von Deutschen besetzten Dorf geboren wurde, ist Bio im Eimer. Anderseits wiederum nicht, denn damals waren die deutschen Ostgebiete ostdeutsch, und wir hier sind alle mitteldeutsch. So gesehen wäre Bio wie so oft eine Mogelpackung. Wenn allerdings schon der Opa ostdeutsch war, steigt laut Studie der Anteil der Ostdeutschen auf 26,1 Prozent. Um das festzustellen, müsste allerdings Opa exhuminiert werden. Da müsste man Opa fragen, ob er das überhaupt will. Deshalb haben die Forscher und Forscherinnen auch noch die Ostdeutschen nach »emoostdeutsch« eingeteilt. Also wer so ein ostdeutsches Gefühl in sich trägt, ganz gleich ob er in Koblenz oder im Kongo wohnt. Das ergäbe 21,6 Prozent. Denn selbstverständlich können in einem people of color aus Kinshasa ostdeutsche Gefühle hochkommen, wenn er in Seiffen zwischen lauter weißen Nussknackern steht.

Damit es alle verstehen, erklärt die Studie, dass diese Definition strukturelle Ungleichheiten berücksichtigt, aber wegen Sozialisationserfahrungen für Zuschreibungen in Bezug auf das Konzept des Migrationshintergrundes umstritten ist.

Ich arbeite jetzt an einer Studie, wonach alle Westdeutschen, die östlich des Rheins leben, ostdeutsch sind und nach Mecklenburg umgesiedelt werden, ob sie nun Biobauern sind oder Emojis oder Geologen. Wenn wir dann noch alle in der Welt, die sächsisch sprechen dazurechnen, zum Beispiel alle Angelsachsen, ganz gleich, ob sie einen Angelschein haben oder nicht, dann sind 120,4 Prozent aller Deutschen Ostdeutsche. Und dann werden alle Führungsposten bei ARD und ZDF mit ostdeutschen Journalisten besetzt, die in ihren Dokfilmen den Menschen aus der ehemaligen BRD erklären, dass sie in einem von Konzernen und Lobbyisten regierten System widerstandslose Mitläufer waren. Dann gibt es einen Westbeauftragten, der aufpasst, dass die demokratieunfähigen Bayern nicht wieder die altlastbelastete CSU wählen. Dann eröffnen Siemens, BMW, Daimler und die Deutsche Bank ihre Filialen mit ostdeutschen Führungskräften in Pirna, Weißwasser und Pasewalk. Dann sind die Ostdeutschen endlich so repräsentiert, dass für die Westdeutschen eine Quote eingeführt werden muss. Und Olaf Schubert wird Bundeskanzler. Hundertprozentig.

Dezember 2021

Der Mann im Aquarium

Eine Weihnachtsgeschichte von einem, der nur sich begegnet

Am Tag, da ihn der Firmenchef in den Ruhestand schickte, durchmaß er zum letzten Mal mit seinen Schritten die Fabrikhalle, vorbei an den Monstera deliciosa, deren Pflanzenwart er war. Er hatte zum Abschied die gummigen Blätter gestreichelt und den Kollegen gewunken. Seither schritt er durch seine Neualtbauwohnung, konnte nicht weit schreiten, da waren die Wände. Wenn er die Wohnung betrat, klingelte er, wissend, keiner wird öffnen. Die einzigen Lebenden in seinem Wohnbeton waren Fische in einem Aquarium, wie sich andere einen Pudel halten, nur dass er die Guppys nicht an der Leine Gassi führen konnte. Was der Ausgangssperre wegen sowieso nicht ginge. Den Fernseher weigerte er sich anzustellen aus Angst, er könne Herrn Söder begegnen. Und neuen Anordnungen, denen nicht mal die Lebensdauer einer Eintagsfliege vergönnt war. Mit einer Willkür, als feiere die DDR Auferstehung.

Einmal, so bat er, einmal einen Tag ihn nicht mahnen, dass er als Risikogruppe nur mit Gevatter Hein Kontakt haben dürfe. Angst machen Seele krank. Die seit Jahren Verantwortlichen für fehlende Pflegekräfte und dezimierte Gesundheitsämter hörte er: Wir sind die Besten! rufen, mit verächtlichem Blick auf impfende Chinesen und Russen, und der Mann dachte: Es ist noch was in uns vom Herrenmenschen.

Deshalb verließ der Mann sein Wohnloch und reihte sich in die Demonstranten. Neben verirrten Irren, die Schilder trugen von Virologen hinter Gitterstäben, lief Omi, die, wie sich herausstellte, seit Jahren seine Nachbarin war und nur mal unter Leuten sein wollte. Er war mit Einsamen vereint.

Er ging zurück, vorbei an der geschlossenen Kneipe, in der er noch vor Wochen seine Einsamkeit im Alkohol ertränkt hatte am Stammtisch, an dem ihm ein Kumpel von einem Kumpel erzählt hatte, der in der Finanzkrise als Banker entlassen war und es nicht lange aushielt allein und deshalb ein Auto klaute, um im Gefängnis wenigstens wieder unter Menschen zu sein.

Einsamkeit, denkt der Mann, ist eine Volkskrankheit, gegen die es keine Impfung gibt. Und an der mehr sterben werden als Kettenraucher. Weil man einsam wird im Egoland, VORWÄRTS

UND NICHT VERGESSEN: DIE SELBSTVERWIRKLICHUNG. Wo sich Menschen zurückgelassen fühlen wie auf einem Banhhof, an dem der Zug abgefahren ist. Nicht jeder findet das Trittbrett in die erste Klasse.

Der Mann klingelte an seiner Wohnungstür, ließ sich rein und saß dann vor seinem Aquarium, in dem die Fische schwammen. Sie schwammen jedes Mal anders, es würde dem BKA schwerfallen, von ihnen Bewegungsprofile zu erstellen. Er hatte den Fischen Namen gegeben. Einen mit Schmollmaul nannte er Brigitte Bardot. Er sprach mit ihnen, sie widersprachen nie.

Als es Advent ward, legte er seit Jahren wieder mal auf dem alten Plattenspieler seine einzige LP auf: Das Largo aus Beethovens Violinkonzert. Er dachte, dass diese Musik nicht von einem Menschen kommen könne, sondern vom Himmel, aber dass vielleicht in jedem Menschen ein Stück Himmel sei, wenn den Himmel nicht so oft der Teufel besetzen würde. Die Fische im Aquarium schwammen stumm, als hörten sie den Klängen zu. Der Mann ging ans Fenster, er öffnete es und winkte in den Abend. Er glaubte zu sehen, es winke jemand zurück.

April 2024

Asylrecht ade, einmal muss es vorbei sein

Das EU-Parlament pfeift aus dem letzten Loch La Paloma

Nun ward es nach langen Wehen geboren, das neue Asylrecht. Der vereinte EU-Abschiebe-Chor singt »Dein Herz geht an Bord und fort muss die Reise gehn«.

»Ein historischer Schritt«, jubelt der Kanzler, denn Geflüchtete werden künftig samt Kind und Kegel in Außenlagern ..., nein, nicht in Haft gehalten, sagen wir: Sie dürfen dort nicht raus. Und das ist doch besser als bisher das beliebte Push back, wo die aus Diktaturen geflüchteten Schwarzen von unseren die Menschenwürde schützenden weißen Polizisten zurückgeknüppelt wurden.

»Aber wohin denn abschieben, wenn sie keiner nimmt? Sollen wir sie aus dem Flugzeug abwerfen?«, fragt der kleine Kevin Kühnert beim Lanz. Na ja, das haben die GI's mit den Vietkong getan, aber so weit muss ja die Freundschaft mit Amerika nicht gehen. Wichtig ist: Das Asylrecht wurde nicht von Rechtsradikalen ausgehebelt, sondern von der demokratischen Einheitsfront.

Und recht haben sie! Denn manche kommen ja gar nicht, weil sie verfolgt werden, sondern weil sie unsre schönen Schaufenster im Fernsehen sahen. Vor vierunddreißig Jahren flüchteten siebzehn Millionen Ostdeutsche in den Westen, die meisten nicht, weil sie verfogt wurden, sondern weil sie die schönen Schaufenster im Westfernsehen sahen. Aber damit ist Schluss! Siebzehn Millionen, das war die Obergrenze, einer mehr, und die Frau von Storch hätte geschossen. Und das ging auch nur, weil die Zonis ein ähnlicher Kulturkreis waren, weil die auch mit Messer und Gabel essen konnten. Deshalb kriegen auch die zu uns kommenden Ukrainer Bürgergeld und die Afrikaner nur die Bezahlkarte. Das ist kein staatlicher Rassismus, das ist wegen der Messer und Gabeln.

Im Lande fehlen 300 Tausend Arbeitskräfte. Wir werden sie noch auf Knien anflehen, zu uns zu kommen, in ein Land, in dem Nazis Parasiten entsorgen wollen, wörtlich: Grube ausheben und Löschkalk drauf! Welcher Moslem hat da Lust, bei uns im Pflegeheim christliche Hintern zu putzen oder Biertabletts zu balancieren, damit die Kneipe auch sonntags wieder öffnen kann? Deutschland läg im Koma, würden alle Arbeitskräfte mit Migrationshintergrund streiken.

Blöd ist freilich, dass jetzt diese Kriminalstatistik veröffentlicht wurde, denn kaum macht man eine Wahrheit öffentlich, schon hilft das den Rechten. Klar: Wenn junge, testosterongeladene Syrer in Blechcontainern monatelang ohne Arbeit perspektivlos rumhängen und wenn da ein paar durchdrehen – man sollte sie wenigstens Gartenzwerge schnitzen lassen, damit sie wissen, wohin mit den Messern. Auch wenn's mal das Messer von Max-Elvis Müller war.

Wer in einer Vorortvilla wohnt und seine Kinder auf eine Eliteschule schickt, kann gut nach Mulitkulti rufen. Aber wenn sich in die Schulbänke zwanzig Nationen zwängen, von denen die ausländischen Kids kaum deutsch lesen können und die deutschen gar nicht, und wenn der arbeitslose Fritz auf eine Sozialwohnung wartet und die alleinerziehende Frieda auf einen Krippenplatz, aber die Wohnung kriegt der Ali und den Kita-Platz die Tatjana, da kriegt halt manch Sachse im Koppe einen kleinen Haschmich und der Arzgebirgler findet unter den Randfichten den rechten Weg. Kann aber auch sein, der Staat hat nen großen Haschmich, weil er keine Sozialwohnungen baut und keine

Kita-Plätze. Und wenn Fünzig-Seelen-Gemeinden mit hundert Flüchtlingen überfordert sind, ich hab da einen Vorschlag, dass keiner mehr vom Mittelmeer aufgenommen werden muss: Jedes europäische Land übernimmt über seine ehemaligen Kolonien die Patenschaft, damit kein Kind mehr verhungert und sie in Afrika nicht arm bleiben, weil wir durch sie reich wurden.

Und selbst im schönen Sachsen wird es dann sein, wie es im Märchenbuch steht: Rotkäppchen ist vom rechten Weg abgekommen.

Es war einmal. So werden die Märchen enden.

Juli 2024

Das Eckige muss ins Runde

Wenn die Zukunft ein Fußball wäre,
hätte die Zukunft eine Zukunft

Ach, dass doch immer Fußball wäre und auf dem Spielfeld gesiegt würde statt auf dem Schlachtfeld. Da jubelt die Seele, wenn's noch Wunder gibt und der Schwache über den Starken siegt, und welche Anmut in den Beinen von Musiala, und wenn Rentner Otto nicht Ausländer raus! brüllt, falls Antonio Rüdiger nicht das Tor trifft, und wenn auf der Tribüne der linke Student Sven den die FDP wählenden Zahnarzt Dr. dent mit einem gemeinsamen heiseren Tooorschrei umarmt, und wenn Deutschland Führungsmacht beim Schießen nur auf dem Rasen sein will, und selbst bei einer Niederlage bleibt die Lust an der Freude, und auf dem Platz singen sie vor jedem Anpfiff in den Sprachen Europas ihre stolzen Hymnen ohne Aggressivität, und schon wieder fällt mir Brecht ein: Und nicht unter und nicht über andren Völkern wolln wir sein – welch Augenblick der Hoffnung!

Die EM läuft. Wie sagte der bekannte Fußballer Paul Breitner einst nach einem komplizierten Länderspiel? »Wir hatten alle die Hosen voll, aber bei mir lief's ganz flüssig!« Für einen kurzen Wimpernschlag der Geschichte dürfen wir nun im Fußballfieber vergessen, dass in der Politik nichts flüssig läuft. Unser wegen seiner feurigen Ansprachen an sein Volk beliebter Kanzler wurde nach der das Ampellicht ausknipsenden Wahlniederlage gefragt, ob sich in seiner Politik was ändern werde. Und da gab Olaf Scholz noch am Wahlabend die wegweisende Antwort: Nö.

In zwei Buchstaben unsere Zukunft zusammenfassen, das kann nur eine nordische Frohnatur.

Also nicht, dass ich von der Opposition regiert werden möchte. Ich liebe den Frühling. Aber nicht den Merz. Doch von meinem Kanzler erwarte ich mehr als ein Weiter so! Das ist, als würde eine Wandergruppe an einem Abgrund stehen und der Wanderführer sagt: Und jetzt gehen wir alle noch schön einen Schritt vorwärts. Wenn die Zukunft mit einem Weiter so in die Zukunft fährt, dann bricht die Zukunft auf der ersten Brücke ein, weil die Brücke marode ist. Und dann weiß die Zukunft nicht, wo es langgeht, weil sie im digitalen Funkloch sitzt. Da will die Zukunft lernen, wie sie zukünftig besser den Weg durchs Leben finden kann, aber die Bildung hat wegen Ruhetag geschlossen. Nein, es läuft nichts flüssig.

Wenn uns auch die Bahn blamierte, doch wie schön, dass wir bei einem Fußballtor mal wieder auf unser Land stolz sein konnten.

Ich kenne das Gefühl: Vor fünfzig Jahren gastierten wir mit unserem Kabarett-Trio in Budapest, das Fernsehen übertrug abends das WM-Spiel Bundesrepublik gegen die DDR nur in einem Devisenhotel. Die D-Marker füllten biertrinkend das Foyer, wir mussten uns als Zonis outen, als uns der ungarische Kellner für unsere Aluchips das Bier verweigerte. Ein Lachen vor, neben und hinter uns, als das Spiel begann und Kreische im Zweikampf gegen Beckenbauer sofort den Ball verlor. Da schien Hopfen und Malz verloren. Bis es in der 77. Spielminute plötzlich ringsum still wurde, ganz entsetzlich still. Sparwasser hatte ein Tor geschossen. Stets von Spott gedemütigt oder gestreichelt aus Mitleid, aber nun ein Tor, und wir spürten, wie es wuchs, das Selbstbewusstsein unterm Brustbein. Der Kellner kam und schenkte uns Büchsenbier. Da begann, zögernd, der Klassenfeind zu klatschen. Mir war, als würden wir in diesem Augenblick gemeinsam Brüder unterm Himmelszelt. Und Schwestern.

Fußball ist schön. Aber Alltag ist öfter. Die Ostdeutschen schossen damals ein Tor.

Könnte ihre Regierung, lieber Kanzler, vielleicht nach dem Verwarnpfiff der Wähler ihre Politik ändern, damit der Osten nicht ins Abseits gerät? Nö?

Na dann, Schuss! Eigentor.

Januar 2022

Regierung beschließt Stufenplan zur Erhöhung der Treppensteuer

Die Dreieinfältigkeit der Ampel-Kollision

Nach ihrer Klausurtagung hat die Bundesregierung Maßnahmen zur Überwindung des durch Fehlplanungen eingetretenen Treppenengpasses im Wohnungsbauprogramm bekanntgegeben.

Die Regierung räumt ein, dass der Koalitionsvertrag zwar den Neubau von jährlich 400 Tausend Wohnungen vorsehe, aber die Benötigung von Treppenstufen nicht vorgesehen habe.

Um vor allem den Bau der 100 Tausend Sozialwohnungen nicht zu gefährden, hat auf der Klausurtagung die Außenministerin vorgeschlagen, zwischen den Stockwerken künftig nur noch zwei Stufen einzubauen. So könne man das Treppensteigen um 60 Prozent einsparen und sich vom Export sibirischer Birkenholztreppen unabhängig machen.

Strittig blieb, wie vor allem die Bewohner der oberen Stockwerke ihre Wohnungen erreichen sollen. Der Kanzler schlug vor, für die Mieter

Anreize zu schaffen, sich Treppenlifte einzubauen. Das müsse aber für die sozial Schwachen abgefedert werden, indem eine Umlagesenkungssteuer erhoben wird, die von der Mehrwertsteuer abgezogen wird, die gestiegenen Materialkosten prozentual verrechnet werden mit der niedrigeren Treppenzahl, was dann in der logischen Konsequenz die Mehrbelastung der Bürgerinnen und Bürger ergebe, die man durch eine Einmalzahlung zwecks Entlastung ausgleichen müsse.

Der FDP-Chef wandte ein, dass es dafür zehntausend neue Beamte geben müsse, die die Berechnungen berechnen, und dass man vorher erst einmal zehntausend Beamte brauche, um die zehntausend Beamten einzustellen.

Worauf ein grüner Ministerpräsident einwarf: Na und? Wir sind doch keine Waschlappen!, und der Wirtschaftsminister ergänzte: Und keine Warmduscher.

Der Kanzler zog seine Vorschläge zurück, sah aber eine Chance, die jetzige Situation für eine grundsätzlich gerechte Umverteilung zu nutzen, indem man die Geringverdiener alle im fünften Stock einmietet. So werde endlich getreu der alten Forderung der SPD die Unterschicht zur Oberschicht. Die grüne Fraktionschefin gab zu bedenken, dass es in den Viergeschossern gar keinen fünften Stock gebe. Das stimmt, sagte der Kanzler, aber es sei gut, alle Möglichkeiten auf den Tisch zu legen.

Ein Problem des Zweistufenplans erregte die Medien schon im Vorfeld der Klausur. *Der Spiegel* hatte Rentner und Schwerbeschädigte zum Versuch aufgerufen, die durch die zwei Stufen zwischen den Etagen hohen Tritte zu überwinden, was besonders bei Einbeinigen zu Unfällen führte. Die CDU-Opposition hatte zur Lösung des Problems gefordert, die Rentner zu kürzen oder abzuschaffen, sodass man vielleicht gar keine Treppen mehr brauche. Für die Besserverdienenden könne man ja Fahrstühle einbauen.

Aus den Reihen der AfD hieß es, sie würden am liebsten einen Flaschenzug benutzen. Gerechtigkeit für alle Flaschen, protestierte der Kanzler, es müsse bei den Preissteigerungen für Treppen einen Treppendeckel geben und eine Übergewinnsteuer für den Konzern TREPPKE & Co. Die jedoch lehnte die FDP ab, weil ja der Konzern gar keinen Gewinn mache, wenn es nur noch zwei Stufen statt wie einst sechs gebe.

Das habe er nicht bedacht, sagte der Wirtschaftsminister auf der Klausurtagung. Man dürfe die Last nicht auf die Mittelschicht legen, verlangte der Finanzminister, sonst könne sie das geforderte Tempo beim Treppensteigen nicht einhalten. Dann müsse es halt ein Tempolimit beim Treppensteigen geben, forderte die Grünenchefin, was der Finanzminister strikt ablehnte. Dann gibt es halt auch keine Atomkraft zum Betreiben von Fahrstühlen, rief die Grünenchefin. Dann stießen Rot-Grün-Gelb im Weinkeller auf weitere gute Zusammenarbeit an.

Spät nachts zur Pressekonferenz sagten alle ins Mikrofon, es sei alles im guten Geiste verlaufen. Es werde keinen Häuserbau geben, wodurch sich die Herstellung von Treppen erledige. Zum Schluss sagte der Kanzler: Es ist unser höchstes Ziel, den Weg nach oben auch ohne Treppen zu schaffen. Ein Journalist der *Süddeutschen* fragte, ob man, wenn schon keine Treppen, nicht wenigstens ein Geländer bauen könne. Der Kanzler antwortete: Dafür gäbe es einen Dreistufenplan. Der Journalist von *Spiegel-online* fragte, wenn es für den sozialen Aufstieg keine Treppen mehr gäbe, ob das nicht im Volk zu Verwirungen führen könne. Der Kanzler sagte: You'll never walk alone!

Dezember 2023

Die alten und die jungen weißen Männer und ihre Blasen

Ich bin weder Gott noch Schalk, aber diesen einen Satz noch von mir

Herrje, nun hab ich sein Buch doch noch gelesen, nachdem jedes Feuilleton hyperventilierte, und es las sich ja gar nicht so langweilig wie etwa Goethes Wilhelm Meister, weil der in seinen Lehr- und Wanderjahren kein Schnitzel aß, erst recht kein Zigeunerschnitzel, was zur Zeit ein ganzes Land umtreibt, ob man das so nennen darf oder nicht, da sagt der Gottschalk, er habe halt früher was gesagt und erst dann gedacht, aber als ich in meiner Jugend Zigeunerschnitzel sagte, hab ich mir auch hinterher gar nichts gedacht, denn in der Provinz DDR gab es gar keinen Sinti und Roma, der sich beleidigt fühlen konnte, da war ja schon ein Sorbe ein exotischer Ausländer, und da bestellte ich einfach Zigeunersteak mit Letscho, und da hab ich wohl heut Glück, dass Letscho kein Widerstandskämpfer bei den Apachen war, ich hätte es nicht gewusst, ich hab jetzt nur den Shitstorm bei Social media gelesen, wer immer noch Zigeunersteak sage, sei ein »rechter Nazi«, abgesehen davon, liebe Sprachpolizisten, dass ein rechter Nazi ein weißer Schimmel ist, mein Gott, rüstet doch mal ab, indigene Völker leiden doch nicht deshalb, weil Udo Lindenberg in seinem Lied vom Sonderzug nach Pankow den Honecker einen Oberindianer nennt, und wer heute dieses Wort streichen will der political correctness wegen, bitteschön, singt statt dessen Oberhippieaner, auch wenn Jimi Hendrix in der Urne strampeln würde, weil er mit Honecker verglichen wird, einer ist halt heute immer beleidigt und wenn's im Grab ist, aber damals im FDJ-Chor sangen wir jungen weißen Männer das Lied Reich mir die Hand, mein schwarzer Bruder, heute vereinen sich am Stammtisch alte weiße Männer in ihrer Furcht vor jungen schwarzen Männern aus dem Asylheim, und junge schwarze Männer an der Universität vereinen sich gegen die alten weißen Männer, statt dass sie miteinander, auch mit my yellow brother und meinetwegen auch my green brother, denn die Günen kriegen ja den meisten Shitstorm ab, weil sie das Heizen verbieten, jeder gegen jeden, jeder in seiner Blase, alt gegen jung, jung gegen alt, wer nicht wokeness links ist, ist rechts außen, jede Blase fühlt sich bedroht von einem Bazillus, das ganze Land eine einzige Blasenentzündung, es gibt keine richtigen und falschen Meinungen, die sich streiten, es gibt nur gute und böse Meinungen, die sich bekämpfen, mal ehrlich, ist das Wort Oberindianer einen Kulturkrampf in den Medien wert?, oder braucht's für die Auflage solche Aufreger, ich frag mal: wie wär's mit einem Shitstorm gegen Diskriminierung nationaler Minderheiten, statt dass die Vertreter der Minderheiten die Mehrheit rassistisch nennt, nur weil sie immer noch Indianer und Zigeunersteak sagt, und was das Grabschen von Herrn Gottschalk betrifft, ich erinnere mich, als wir Student*innen(!)fasching feierten, da gab's noch vor MeToo diese Leichtigkeit, da hab ich es bei einer Innin versucht, sie hat mir eine geknallt, seitdem geh ich nicht mehr zum Fasching, denn ich will kein Sexist sein wie der Trump, dessen Wähler es offensichtlich o.k. finden, wenn er Frauen im Vorübergehn mal zwischen die Beine grabscht, nein, da kann ich dem Gottschalk nicht recht geben, wenn er sagt, bei den Leuten, die ihn toll finden, störe es ihn nicht, aus welcher Ecke sie kommen, da sag ich alter weißer Mann mal, dass mich der patriarchische kolonialistische Restmüll in der DNA weißer Männer schon stört, manchmal entdecke ich den auch in mir, ich habe zum Beispiel als Kind nur von der Transsibirischen Eisenbahn gehört, aber nie von Transsexuellen, und wenn jetzt der Paul einfach aufs Standesamt gehen kann und sagt: Ab morgen heiß ich Paula, da sag ich erst mal: Hä?, aber jeder zehnte Mensch, der uns begegnet, ist queer, und für Paul beginnt nun als Paula das Glück, und ab morgen sag ich halt nicht mehr Zigeunerschitzel, sondern Schnitzel auf ungarisch oder meinetwegen Schnitzel ohne festen Wohnsitz, auch wenn dieser Gag von G. Klaut ist, und nun endlich Punkt!

Oktober 2024

Widerruf

Gegenrede zu einer Rede des Schriftstellers Marko Martin

Es gab einen Eklat im Schloss Bellevue. Medien lieben Eklats. Auch meine Zeitung berichtete zweimal ausführlich, der Bundespräsident habe »mit einem Wutausbruch« einem Schriftsteller »die Leviten gelesen«, nachdem er sich durch dessen Rede über die Ostpolitik gegenüber Russland beleidigt fühlte.

Auch ich durfte schon einmal eine kleine Rede reden, als mir Steinmeier einen Satireorden an die Brust nagelte, und ein paar Widerworte über die Ostpolitik gegenüber uns im Osten waren wohl auch darunter. Wohl nicht heftig genug, um mir als damaliger Außenminister die Leviten zu lesen. Er wurde damals ein paar Monate später abgewählt, aber ich glaube nicht, dass daran meine Rede Schuld trug.

Des Schriftstellers Rede aber war schon heftig. Dies ist sein Recht, und ich wage lediglich einen Zwischenruf, weil sie so rechthaberisch klingt. Marko Martin gibt, so lese ich die Rede und sein Interview, allen die Verantwortung für Putins Krieg, die versuchten, mit dem aggressiver werdenden, weil sich in seinem Sicherheitsbedürfnis nicht ernstgenommenen Russland friedlich zusammenzuleben. Steinmeier glaubte übrigens, sich für seine Russlandpolitik entschuldigen zu müssen. Ich kenne kein »Sorry« von deutschen Politikern, die einst die blutbeschmierten Hände von Diktator Franco oder von General Pinochet schüttelten oder die mir heute noch beibringen, dass es gute und böse Diktatoren gibt.

Chancenlos zu fragen, ob dieser ein ganzes Land verwüstende Krieg Russlands vermeidbar gewesen wäre oder ob er gar nicht vermieden werden sollte, ich weiß, ich komme laut Marko Martin sofort in die »putin affine« und »infamste Kremlpropaganda verbreitende« Nähe von Wagenknechten, »abgehalfterten Landespolitikern«, Müntenichtsen und anderen »Dorfschulzen« der SPD mit ihrem »verschmierten Friedensbegriff«. Woher, lieber Herr Martin, diese Sprache voller Hass auf jene, die es vielleicht schwer ertragen können, dass täglich Tausende junge Russen und Ukrainer auf dem Schlachtfeld durch den Fleischwolf gedreht werden? Gibt es da, ich frag nur mal, keine Machtinteressen? Sie waren noch jung, Herr Martin, aber ich bin zu alt, um zu vergessen, dass die CIA lange schon vor dem Maidan in den Startlöchern der Ukraine kniete, um den Traum einer freien Gesellschaft für die USA nutzbar zu machen, so wie die CIA im Auftrag von Friedensnobelpreisträger Kissinger die Moneda von Allende stürmen ließ, um den Traum von einem gerechten Chile niederzuschießen, oder als sie Lumumba umbrachten aus Angst, der Kongo könne sich dem Einfluss Amerikas entziehen, und als Breshnew in Afghanistan Hunderttausende Anhänger der Mudschaheddin umbringen ließ und die USA Bin Laden hochzüchtete, um die Kommunisten zu massakrieren, und als Sowjetpanzer in Prag die Hoffnung auf einen demokratischen Sozialismus niederwalzten – genug. »In der internationalen Politik geht es nie um Demokratie und Menschenrechte, sondern immer um Interessen von Staaten.« Das ist ein Zitat von Egon Bahr. Sie zitieren ihn in Ihrer Rede, als sei er ein Mitschuldiger an blinder Kremlhörigkeit.

Wissen Sie: Ich bin vor Jahren, als ich durch die Straßen Berlins spazierte, Egon Bahr begegnet, und es ist das einzige Mal in meinem Leben, dass ich auf einen Politiker zuging, um ihm zu danken. Er war der Vordenker, dass Ost und West sich annähernden statt sich zu vernichten. Wissen Sie: Gorbatschow, das war für uns eine Hoffnung, das war keine »nostalgische

Erinnerung an den guten Zaren Gorbi«, wie Sie es nennen. Die Menschheit kroch aufatmend aus ihrer Atombombenangst. Friedenstüchtig statt kriegssüchtig, das ist kein »verschmierter Friedensbegriff«. Es war ein Versuch, miteinander zu leben.

Ich wüsst keinen besseren Funkspruch an alle Regierenden: Lasst uns in Frieden.

(PS: Nach dem Festakt gab der Bundespräsident im Schloss Bellevue einen Empfang und soll, beleidigt von dessen Rede, den Schriftsteller angefaucht haben: »Sie sind hier nur zu Gast.« Da soll der Schriftsteller geantwortet haben: »Sie auch.« Ich denk, in diesem Punkt hat der Schriftsteller recht.)

Februar 2020

Wir Uhrmenschen

Bitte lesen Sie meine Kolumnen schneller, ich habe keine Zeit

Ich habe immer Stress. Sie auch? Wenn Sie keinen Stress haben, dann sind Sie krank. Wenn Sie jemand fragt, wie es Ihnen geht, bitte antworten Sie: Ich bin im Stress. Sie gelten sonst als Loser. Bei mir geht der Stress schon morgens los. Die ganze Hektik beginnt mit dem Aufstehen. Das ist so ziemlich die blödeste Tageszeit, dass man früh aus dem Bett muss. Ich habe ja einen Beruf, bei dem man schon zehn Uhr zur Probe sein muss. Zu der Zeit gehen andere schon wieder schlafen. Bei meinem Bäcker geht in der Backstube früh zwei Uhr das Licht an, da mache ich es grade aus. Stellen Sie sich vor, ich wäre Kabarettist und im Nebenjob Bäcker! Ich käme zu nichts anderem, als unentwegt das Licht an- und auszuschalten. Das wäre ein Stress!

Ich habe mir schon mal überlegt: Wenn ich nicht zum Schlafen ins Bett ginge, müsste ich nicht aufstehen. Es gibt Berufe, da käme man dieser Annehmlichkeit näher. Ich könnte zum Beispiel Probeschläfer in der Bettenabteilung im Möbelhaus Höffner werden. Und selbst das wäre schon anstrengend: Täglich acht Stunden Probeschlafen, ohne sich zwischendurch mal ausruhen zu können.

Die Dichterin Henriette Mohlsdorf sagte: »Wir müssen alle unser Leben ändern. Für den Anfang hieß es, länger zu schlafen.« Aber was machen wir? Der Wecker klingelt. Ich höre noch schnell die Kurznachrichten. Die *Tagesschau* in sechzig Sekunden. Wenn da der Sprecher sagt: »Die Europaabgeordnete Marie-Agnes Strack-Zimmermann hat ...« – da ist die Hälfte der Zeit schon um. Aber schon das ist zu lange. Ich habe keine Zeit mehr zum Frühstücken.

Ich habe mir extra ein Auto mit hoher PS-Zahl gekauft, damit ich früh losrasen und die verlorene Zeit wieder einholen kann, bevor ich im Stau steckenbleibe. Wenn ich Glück habe, bleibe ich genau dort stecken, wo ich aussteigen und in vier Schritten in einem Café bin, in dem ich mir einen Coffee to go hole, den ich dann im Stauauto trinken kann.

Es geht heute alles to go. Das spart Zeit. Früh Coffee to go, abends speed dating, wo man an einem Tisch sieben Minuten Zeit hat, einen Partner fürs Leben kennenzulernen. Wenn das nicht klappt, hilft nur noch amore to go. Möglichst preiswert, sozusagen ein Schnäppchen. Und ohne Extras. Mit Extras würde es zu lange dauern.

Vielleicht findet man bei Ikea eine Traumfrau zum Mitnehmen. Da müssen Sie allerdings zu Hause die Einzelteile selbst zusammenbauen, und es kann passieren, dass dann bei der Frau ein paar Schrauben fehlen. Sie können sich aber auch, falls Sie das zu viel Zeit kostet, im Stau den Coffee to go holen und die Verkäuferin fragen, ob sie mal kurz mit ins Auto kommt, weil Sie einen Stau haben. Aber Vorsicht: Wenn es auf dem Beifahrersitz zur Sache geht, bitte nicht aus Versehen mit dem Fuß das Navi anmachen, das Ihnen dann sagt: Wenn möglich bitte wenden. Das würde alles zu viel Zeit kosten. Die brauchen Sie, um mit dem Handy Ihrem Chef zu sagen: Ich komme gleich.

Uns läuft die Zeit davon. Obwohl die IC-Züge schneller fahren, wenn sie fahren, und die Flugzeuge schneller fliegen, wenn die Piloten nicht gerade streiken. Sie sparen Zeit und haben immer weniger.

Wir hasten im Urlaub über die Insel und sehen erst zu Hause auf dem Foto: Ach, so sieht Paris aus. Und falls Sie nach Paris fliegen, dann möglichst an einem Tag. Hin und zurück. Mehr Zeit haben Sie nicht.

Ich schreibe beim Essen Hans-Georg aus Hamburg eine E-mail: Ich esse grade. Worauf mir Hans-Georg mitteilt: Ich schlafe grade.

Sorry, ich sehe soeben auf die Uhr. Ich hab keine Zeit mehr. Ich muss einen Ratgeber lesen, wie man Zeit sparen kann. Ich hab auch schon einen Ratgeber gelesen, wie man schneller lesen kann, um Zeit zu sparen.

Bis bald, wenn ich mal wieder Zeit habe.

Moralkatarrh mit Katar

Findet die nächste Fußball-WM in Nordkorea statt?

Wir sind die Besten. Die Wirtschaft schwächelt, Digitalisierung bewegt sich im Tempo auseinanderdriftender Kontinentalplatten, die Inflation steigt, der Wohlstand sinkt, jeder vierte Fünftklässler kann nicht lesen. Wir sind die Besten. Wir lenken die LNG-Tanker, die das Flüssiggas in die armen Länder bringen sollten, zu uns um, denn wir zahlen besser. Wir zeigen der Welt, was Moral ist. Deshalb zeigen wir mit unserem Stinkefinger jetzt auf Katar, vor dessen Scheich doch unser Wirtschaftsminister beim tiefen Bückling fast nach vorn gekippt wäre. Plötzlich fällt uns auf: Die WM in Katar geht überhaupt nicht! Warum nicht? Sie ging doch auch 1974 in Deutschland.

1974 war Homosexualität in der Bundesrepublik strafbar, Frauen durften ohne Erlaubnis des Ehegatten nicht berufstätig sein. Günter Wallraff deckte als Türke Ali auf, wie Leiharbeiter bei Thyssen, McDonald's und auf Baustellen in sechzehnstündigen Schichten mies bezahlt, ausgebeutet und als Ausländer gehasst wurden. Und, achje, es ist ja erst zwei Jahre her, dass bei Tönnies südosteuropäische Schweineschlachter in ihren Behausungen wie Schweine zusammengepfercht wurden, weil wir für unseren Wohlstand Sklaven brauchen. Also lasst uns mal nicht so auf die Kacke hauen.

Warum hätte die FIFA die WM ausgerechnet Katar verweigern sollen? FIFA ohne Korruption wäre wie eine Blutwurst ohne Blut. Und die gibt es ja auch schon. Ach, was waren das für Zeiten, als die FIFA-Präsidenten um die besten Bestechungstaktiken wetteiferten. Blatter brachte es dabei zu so einem Haufen Schmiergeld, man hätte neben dem Matterhorn ein Blatterhorn errichten können. Leider lief es ja in den Qualifikationsspielen nicht so gut, es ähnelte oft auf dem Feld jenem Spiel, als der Reporter über Mario Basler sagte: »Nein, liebe Zuschauer, das ist keine Zeitlupe, der läuft wirklich so langsam.« Aber wir sollten gerade jetzt unseren Ballermännern beistehen, so wie damals Berti Vogts, der auf die Frage, ob seine Jungs vor dem Spiel Sex haben dürfen, antwortete: »Das können sie halten, wie sie wollen. Nur in der Halbzeitpause, da geht nix.« Das waren schöne Jahre.

Es muss ja nicht unbedingt in Katar die Regenbogenfahne über den Köpfen der Scheichs gehisst weden. Das brachten wir ja nicht einmal in München fertig, denn die UEFA darf nur für Coca-Cola werben, nicht für Toleranz. Und bei so viel Bunt wurde es dem Orbán zu bunt, und er fuhr nicht nach München. Aus Angst, er könne sich anstecken und schwul werden.

Sport darf nicht politisch sein, weshalb noch nie ein Spiel abgebrochen wurde, weil Fanblocks schrien: »Neger raus, geh nach Haus!«

Wo wollen wir denn die nächste WM in einem demokratischen Land ausgetragen wissen? In Frankreich? Dann bitte Beeilung, ehe Le Pen an die Macht gewählt wird. In den USA? Auch da bitte sputen. Wer weiß, ob nicht Trump die Demokratie weggeputscht hat. Deutschland will sich um die Fußball-WM 2034 bewerben. Aber wer kann sich so sicher sein, ob 2034 vielleicht Herr Höcke – ich meine, ob es dann im Berliner Olympiastadion nicht nur einen Sieg geben könnte, sondern wieder mal ein Heil ... Ich will's nicht denken. Also, an wen die WM vergeben? An Nordkorea? Warum nicht, wenn Kim ein paar Milliarden springen lässt? Vielleicht könnte man auch Kasachstan und Usbekistan in die Wahl einbeziehen, wo Massenproteste gegen die korrupte Clique niedergeknüppelt werden, während gerade unsere Friedenstaube Annalena den Diktatoren die Hände schüttelt. Wohin sonst mit den Händen? Es gibt ja gar nicht so viele Demokratien in der Welt. Vielleicht wäre es gut, wir würden uns ein bisschen zurückhalten, wenn wir anderen Ländern vorschreiben, was Moral ist. Deutschland, Deutschland über alles ist nicht mehr, auch wenn manche gern wieder Führungsmacht sein wollen. 1954 hätte man noch Mengenrabatt fordern können, wenn man Altnazis im BND oder in der Justiz suchen wollte, da jubelten wir schon wieder beim Wunder von Bern: Wir sind wieder wer! Ich will gar nicht, dass wir wieder wer sind. Deutscher Jubel macht mir immer Angst.

Also nun Katar! Die FIFA schwört: Es entspricht alles dem Fußballschmutzprogramm. FC-Bayern-Krösus Uli Hoeneß hat klargestellt: Wir sind doch kein Menschenrechtsverein. Recht hat er. Es ging bei Fußballweltmeisterschaften nie um Menschenrechte, es ging immer ums Geld. Und die Hitze in Katar werden unsere Jungs schon ertragen. Besser, als einst unsere Kämpfer fürs großdeutsche Vaterland die Kälte von Stalingrad vertragen haben.

Also schicken wir nun unsre Jungs in die Wüste. Wir müssen nicht immer gewinnen, Hauptsache wir sind die Größten! Ole oleoleole!

(PS vom 10. Dezember 2024: FIFA-Präsident Infantino vergibt die WM 2034 an Saudi Arabien. Stell dir vor, es ist Fußball und keiner geht hin.)

April 2020

Hausmeister Piefke fühlt sich wieder systemrelevant

Alle einsperren!

Ich kann nur sagen: Endlich! Was war man denn bis jetzt als Hausmeister? Nichts! Schon damals im Neubaublock unterm Honecker, da konntest du doch dem Mieter x-mal sagten: Du bist mit der Treppe dran! Mache mal reene! Das hat doch keinen interessiert bei den Kommunisten. Ja, ganz früher, als der Hauswart noch Blockwart hieß, da herrschte noch Ordnung! Wenn da einer die Hausordnung ni machte: Kopp kürzer! Und wenn er sie zweimal ni machte: zwei Köppe kürzer!! Ein ganzes Volk kopplos – was Besseres kann sich doch keine Regierung wünschen.

Heute kannst du ja »Kopp ab« gar ni mehr sagen, weil diese demokratischen Weicheier die Todesstrafe abgeschafft haben. Da konnt ich höchstens in den letzten Jahren noch offpassen, dass die Flüchtlinge keine Fisemadendchen machen. Aber seit mich mein Innenminister aufforderte, jetzt wachsam zu sein, ob alle den

Lockdown einhalten, da steh ich wieder am Küchenfenster und beobachte die Nachbarn und merke, dass die am schlimmsten sind, die een deutschen Stammbaum haben. Das kommt davon, dass mer so lange keinen Führer mehr hatten. Nu hammer glottseidank wenigstens e Virus. Ich hab noch e altes Fernglas von früher, das is zwar vom Observiern aus Mielkes Zeiten schon bissel abgenutzt, aber mit dem seh ich hinter der Gardine ganz scharf, wenn de Schrader-Muddl von nebenan ihre kleene Enkelin zur Tür reinlässt. Obwohl Besuche im Lockdown streng verboten sind. Gut, de Schradern trägt een Mundtuch, e selbstgenähtes, schwarz, da sieht die aus wie der schwarze Block. Aber ehe die die Tür wieder zumachen kann, hab ich meinen Fuß dazwischen und drohe ihr: Das meld ich dem Spahn! Und da kriegt die eene Angst, dass ihr der Schweiß zur Nase rausläuft.

Ein Volk in Angst funktioniert immer. Da müssen die Staatsvirologen und TV-Experten nur von früh bis spät sagen, dass die Anordnungen alternativlos sind, da weiß doch jeder, das heißt: Keene Widerrede! Und schon folgt das Volk.

Natürlich geh ich auch auf Streife, jetzt vor den Feiertagen, da standen ja de Schlangen vor den Kaufhallen. Da bin ich mit dem Metermaß hin und hab den Abstand zwischen den Verdächtigten abgemessen. Und dann, am Karfreitag gestern, als de Sonne so schien, auf den Elbwiesen, die jungen Kerls mit die jungen Weiber, sitzen umschlungen und küssen sich ohne Mindestabstand. Da bin ich hin und hab denen gesagt: Sie kennen wohl die Maßnahmen ni? Alleene das Wort Maßnahmen, die Zischlaute in dem Wort, da hat man halt eene feuchte Aussprache, um nicht Spucke zu sagen. Und da brauch ich keene Pistole, meine Munition sind meine Tröpfchen, mit denen ziele ich genau ins Gesicht des Gegners. Was glauben Sie, wie schnell da die Elbwiesen leer sind! Ich warte jetzt schon freudig auf die Ostertage, bei dem schönen Wetter, da werde ich mit Spucken gar ni hinterherkommen. Und ich merke mir alle! Ich bin die verlässlichste analoge Datenspeicherung.

Da will der Ströbele beim Verfassungsgericht protestiern, wenn die Persönlichkeitsrechte weiter eingeschränkt werden. Hör mal, du Grünenopa: Ich bin keine Persönlichkeit, was brauch ich da Persönlichkeitsrechte? Ich hab keine Meinung, was brauch ich da Meinungsfreiheit? Ich reise nicht, was brauch ich da Reisefreiheit? Ich lese keine Zeitung, was brauch ich da Pressefreiheit?

Und wenn dann die neuen Führer der CDU die Einschränklungen nach dem Virus bloß wegen der Bürgerrechte wieder aufheben wollen, dann laufe ich zu dem Orbán über. Von wegen Freiheit. Das Volk will keine Freiheit, das Volk will einen, der sagt, wies langgeht. Das will einen, der uns von Viren befreit und von Flüchtlingen und von Linken und vom Moslem, je nachdem, was sich grade so um uns rum bewegt.

Und noch was: Nach Ostern werd ich 65. Da bin ich als Risikogruppe eine Gefahr. Da mach ich um mich selbst einen Bogen. Da bitte ich, mich zu isolieren. Wegzusperren! Lagern! Da muss man für die deutsche Ordnung auch mal selbst Opfer bringen, statt mit achtzig noch im Fitnissstudio den Bierbauch übers Laufband zu hängen. Wenn das jeder freiwillig machen würde, wäre das Problem geklärt.

März 2021

Die nicht gefälschten Tagebücher des Waldemar Hinze

Sensationeller Fund aus dem Leben eines Träumers

Wie ich aus gewöhnlich gut uninformierten Kreisen erfuhr, bereitet die Redaktion des *Stern* die Veröffentlichung bisher unbekannter Tagebücher vor. Es handelt sich um Aufzeichnungen des Lokalredakteurs der Kleingartenzeitung *Rote Bete*, Waldemar Hinze, der im Herbst 89 die Mauer einriss und in seinen Notizen die heutige Zukunft mit der Gabe eines Hellsehers voraussah.

In emotionalen Worten schildert er, wie er als junger Journalist unter dem Joch der Einheitspartei litt, die ihm bei jedem Bericht über die Radieschenernte vorschrieb zu erwähnen, dass die Kleingartensparte »Siegreicher Oktober« den Plan um zwei Radieschen übererfüllen konnte. Ihm fiel auf, dass sich die Berichte in jeder Kleingartenzeitung der Republik glichen. Überall wurde vermeldet, dass das unter Führung der Partei wachsende Rotkraut prächtiger gediech als die Schwarzwurzeln des Klassengegners. Es galt nur diese eine öffentliche Meinung. Wer abweicht, so zitiert Hinze einen Kleingartensprecher in der Sendung »Du und dein sozialistischer Garten«, spricht die Sprache des Feindes. Anschließend habe, so Hinze, der Kommentator kommentiert, dass unser Gemüse siegen werde, und wer das anzweifle, spreche die Sprache des Feindes. Dann dokumentierte ein Dokumentarfilm, so Hinze, wie propagandistisch die Sprache des Feindes sei und wie einzig wahr und unerschütterlich unsere Wahrheit.

Waldemar Hinze fasste Mut durch ein Vorkommnis in einer Gartensparte, deren Mitglieder in einer Aktion im Sommer 89 Sortenvielfalt forderten und ein Transparent aufrollten mit der Losung »Anderswachsende Pflanzen sind kein Unkraut!«. Er glossierte in seiner Rote-Bete-Zeitung in einer Kolumne, wie mickrig verschrumpelt entgegen aller Erfolgsmeldungen in seinem Garten die sauren Gurken an den Bäumen hingen. Hinze wurde, so seine Tagebucheintragung, daraufhin aus der Redaktion entfernt. Er habe noch an jenem Tag in der nächstliegenden Kleingartenanlage vor Wut mit dem eigenen Fuß ein Loch in den zwei Gärten trennenden Grenzzaun getreten. In diesem Augenblick, so schreibt Hinze, sei in Berlin die Mauer gefallen. Er schildert dann ausführlich seine in dieser Nacht geträumten Träume von einem nun kommenden neuen Deutschland, in dem Journalisten in der meinungfreien Presse und im vielfältigen Fernsehen sagen und schreiben können, was sie zu schreiben für wichtig halten, getrieben von der Einsicht, dass nur Rede und Gegenrede, These und Antithese die Triebkraft für die Entwicklung jeder Gesellschaft sein können. Er müsste nicht mehr unter der Parteilosung »Unser Weg ist richtig« in die Sackgasse laufen und würde im Streit über den besten Weg nicht mehr ausgegrenzt werden. Er wusste in genialer Voraussicht: So wird es sein.

Hinze wurde als Widerstandskämpfer in die nun von einem bayrischen Kleingärtner geleitete Redaktion wieder aufgenommen. Eine Zeitenwende wurde verkündet. Und weil der Kanzler blühende Kleingärten versprach, wurden ihm zu Ehren die Runkelrüben in Kohlrüben umbenannt. Er selbst aber, so schreibt Hinze vor der ersten gesamtdeutschen Wahl in sein Tagebuch, werde schon aus Liebe zu all dem Grün in den Schrebergärten die Grünen wählen. Als Gartenredakteur liebe er diese Partei schon der geschwenkten Sonnenblumen wegen. Hinze sei schon, so notiert er, als Bete-Redakteur Schlichter gewesen, wenn Kleingärtner sich im Streit um die Heckenhöhe mit Sensen überfielen.

»Sensen zu Pflugscharen« riefen nun die Mütter auf dem grünen Parteitag, während sie ihre nackte Brust ihrem Säugling entgegenhielten. »Grünzeug verbiegt sich nicht!« stand als Überschrift des Wahlprogramms, und Hinze schrieb noch einmal am 25. April 1990 in sein Tagebuch: So wird es sein. Ob Boskop oder Fleißiges Liesl – Gerechtigkeit für alle. So wird es stehen im Statut jeder Kleingartensparte. Und Andersdenkende werden mit Andersdenkenden diskutieren, welcher Gärtner die dümmsten Kartoffeln hat. Das wird uns klug machen. So wird es sein, schreibt Hinze.

Und wir alle werden beim Lesen seiner Tagebücher sagen: So ist es.

März 2020

Tollhaus und Tollwut

Notizen vom Tag vor dem Tag nach dem Tag

Das Bordell musste wegen Corona am selben Tag aus demselben Grund wie die gegenüberliegende Kirchgemeinde schließen, was Etablissementbesitzer und Pfarrer als Behinderung von Seelsorge bedauerten. Das Angebot für einen gemeinsamen Protest lehnte der Kirchenvorstand ab, sodass der aus dem Südlichen stammende Herr Figrabschki bei der Sozialministerin sein eigenes Hygienekonzept einreichte, in dem wörtlich steht, dass sich in einem Zimmer »nur eine Prostituierte und maximal ein Kunde« aufhalten dürfen, woraus ein Freier schloss, dass ein halber Kunde nur die Hälfte zahlen müsse. »Die Abstandsreglung zur Prostituierten«, so besagt das Papier, »kann nur kurzfristig unterschritten werden«, was übersetzt für den Samenspender heißt: nicht lange quatschen, kurzfristig losrammeln und sofort wieder eineinhalb Meter zurückspringen.

Während der Bordellchef auf dem Platz vor der Oper demonstrierte, schon der verordneten Maskenpflicht wegen, die eine beliebte Art des Nahverkehrs ausschließe und eine Art Mundraub sei, hat in der Oper eben dieser Maskenpflicht wegen der bekannte Regisseur Kuschinski einen Tobsuchtsanfall. Er inszeniert als Zeichen des Freiheitsdranges des Volkes in Coronazeiten *Fidelio*. Seiner Konzeption folgend, sollen die Sänger des Gefangenenchors als Symbol menschlicher Verletzbarkeit nackt auftreten. Aber mit verordneter Maske sei man nun mal nicht nackt, schreit der Regisseur, als der Gefangenenchor gerade »O welche Lust in freier Luft den Atem leicht zu heben« zu singen anhebt.

Draußen auf dem Vorplatz versammeln sich Protestler aller Couleur. Per Megafon verkündet ein sich als Heilpraktiker ausweisender Mann, Bill Gates habe das Virus erfunden, um mit einer Zwangsimpfung die Menschheit auszurotten. Ein patriotischer Typ schreit einem ZDF-Reporter entgegen »Du Sau«!, worauf der Reporter hinweist, dass es anstandshalber »Sie Sau!« heißen müsse.

Die Opernprobe indes gerät aus den Fugen, als das Amt von den achtzig Sängern des Chores der Aerosole wegen einen Abstand von sechs Metern verlangt, was eine Bühnenbreite von 480 Metern erfordern würde. Zeitgleich trifft das Ersuchen ein, so wie auch Drehbuchautoren beim Fernsehen Risikoschauspieler ab 60 gegen jüngere Rollen austauschen müssen, den engagierten Startenor Placebo Flamenco seines Alters wegen durch einen jüngeren Florestan zu ersetzen. Worauf der Namensnähe wegen Florian Silbereisen verpflichtet wird.

Auf dem Platz vor der Oper erklärt als Gastredner Dr. Osten, warum die Viren im Osten vergleichsweise weniger Fuß fassen konnten, was daran läge, dass die Viren in den östlichen Regionen nicht auf Opfer, sondern auf kampferprobte Gegner träfen, die in der einstigen Diktatur schon den Lockdown mit eingeschränkter Bewegungsfreiheit, Versammlungsverbot, geschlossenen Grenzen und Wirtschaftszusammenbruch geübt hätten. Und dann sei da noch die Improvisationsfähigkeit der Ostdeutschen. Wenn Masken fehlen, schneidet Omi ihren BH in zwei Teile, und schon hat sie für sich und ihren Enkel einen Mundschutz.

Inzwischen bittet der Opernintendant den Wirtschaftsminister um Hilfe, da infolge der verordneten freien Plätze im Saal die finanziellen Einbußen hoch seien. Er verweist darauf, dass die Lufthansa auch die Mittelplätze besetzen dürfe, worauf er die Antwort erhält: »Ja, wenn ihr Theater fliegen könnte.«

Zeitnah versammeln sich die Künstler der in Not geratenen Privattheater am Elbufer und werfen aus Verzweiflung die Schlüssel ihrer Bühnen in eine Untiefe des Flusses, die im Volksmund ab nun Schlüsselloch genannt wird.

Auf der Tribüne vor der Oper erscheint plötzlich und unangemeldet Frau Merkel. Im Opernhaus singt der Chor das Finale: »O Himmel! Rettung! Welch ein Glück! Kehrst du zurück?« In diesem Augenblick erliegt der Regisseur einem Herzkasper. Er wurde mit Maske begraben.

Oktober 2020

Die Möpse gehen aufs Haus

Ein Abend im Leben eines Kreiszeitungsredakteurs

Er schrieb oft abends in der Fischkneipe *Zur fröhlichen Gräte* und hatte nach dem dritten Bier den Kellner um zwei Rollmöpse gebeten. »Ohne alles bitte, nur zwei Möpse, wenn Sie die Köchin mal fragen.« Da hatte er noch keine Zeile aufs Papier gebracht für die Rubrik »Was sonst noch passierte«, für die er auf der Lokalseite des Unterdorfer Weltjournals verantwortlich zeichnete.

Der Artikel galt dem neuen Grillshop in den Räumen der alten Schule, die wegen Mangels an Kindern geschlossen wurde und wo nun laut Hochglanzkatalog dreihundertzwanzig Edelstahl-, Gusseisen- und Keramikgrills um Käufer aus der nahen Stadt warben. Er hatte sich vom Verkaufschef die neuen Grilltrends erklären lassen – vom Modell mit Snapchat-System mit lüftergesteuertem Gravity field bis zum Smoker mit low & slow-Bereich mit von einer App gesteuertem W-LAN-Anschluss.

Während er die Schlagzeile vom Rückzug aus Afghanistan auf der Seite eins las, servierte der Kellner auf einem Zwiebelmusterteller die Möpse, und er dachte: Warum treten sie nicht zurück, wenigstens dies als unterste Form des Anstandes. Es waren doch Tausende Zivilisten weggebombt worden und 59 deutsche Soldaten gestorben, für wen, wofür? Dafür musste doch einer verantwortlich sein, weil das doch fahrlässiger Tötung gleichkam, wenn ein Krieg nicht gewinnbar war, ach, hätten sie doch Dschingis-Khan und die Sowjets befragt. Die deutsche Freiheit, hieß es, müsse am Hindukusch verteidigt werden, nun können sie nicht mal einen Hektar Flughafen in Kabul verteidigen.

Das kreiselte alles in seinem Kopf beim vierten Bier: Warum das keiner gewusst hat, dass im Land die Taliban schon seit Jahren mit Scheinregierungen Macht und Ansehen besaßen bei denen, für die sich im Labyrinth ihrer Lehmhütten nichts geändert hatte. Weil nichts ankam von den Milliarden Hilfsgeldern, die oft in den Schößen korrupter Mullahs landeten, mit denen geschäftige Fremde Geschäfte betrieben.

Er hätte dies gern geschrieben unter »Was sonst noch passierte«, weil es auf Seite eins nicht stand. Da hätte er gern gefragt, was die Geheimdienste beruflich machen, wenn sie nicht wussten, dass Kabul fallen wird. Oder arbeiteten sie wie unsere Gesundheitsämter, die übers Wochenende die genauen Infiziertenzahlen dem RKI nicht melden konnten, denn ab Freitag um eins macht jeder seins? Trudelten die Genossen vom BND vielleicht Montag früh unausgeschlafen vom sonntäglichen Kegelabend in die Zentrale und erfuhren in der Kaffeepause von der Kantinenfrau: Schon gehört, die Taliban sind seit gestern in Kabul. Es ist schlimmer, dachte er: Sie haben es seit langem gewusst.

Er suchte nach einem ersten Satz, und ihm fiel das ihm vorgeführte Grillmodell für Linkshänder ein. Er beklagte sich beim Kellner, dass die Rollmöpse zu sauer seien und bekam zur Antwort, dass er sie ja nicht hätte bestellen müssen, es gäbe nun mal keine süßen Möpse, höchstens als Hunde.

Er hatte vor Jahren für die Seite eins geschrieben, dass es nie um Demokratie ging, schon im Irak nicht und nicht in Syrien und Libyen, weil es immer um Einfluss ging und Öl. Und dass die sauberen Hände, die man hilfreich reichte, immer blutig waren. Seit diesem Artikel schrieb er nicht mehr für die Seite eins.

Und während sie Tausende zu Schützende ungeschützt alleinließen, riefen unsere christlichen Minister, um ihr Wahlvolk nicht zu verschrecken: Es darf nie wieder ein 2015 geben!

Was heißen soll: Wir können uns Menschlichkeit nicht leisten, um uns bei der Grillparty nicht stören zu lassen.

Er trinkt den Restschluck, und er ist froh, nicht auf Seite eins schreiben zu müssen, wie erbärmlich er das findet.

Er muss morgen zur Eröffnung der Ausstellung der Tischtennisbälle des Dorfsportvereins, über die er unter »Was sonst noch passierte« berichten wird. Er bittet nach dem fünften Bier um die Rechnung, und der Kellner sagt: Die Möpse gehen aufs Haus.

September 2022

Gedanken eines Lumpenpazifisten

Um es mal kurz in einem Satz zu sagen

Natürlich verteidigen wir in der Ukraine die Demokratie, da bin ich optimistisch: Wenn der Krieg vorbei ist, können in der Ukraine Oligarchen und Korruption ab- und Pressefreiheit und unabhängige Justiz angeschafft werden, und Selenskyj kann seine Military Weste wieder im Theaterfundus abgeben, aber vorher muss er Biden fragen, wann er den Krieg beenden darf, nämlich erst, wenn Russland so geschwächt ist, dass es nie wieder (grob übersetzt) mit dem Arsch hochkommt, die Chancen stehen gut wie nie für Amerika, also für die westlichen Werte, und was ist von hier aus westlicher als die USA, noch weiter westlich ist ja schon der Osten, und bevor der zum Westen gehört, muss man ihn erst mal besiegen, und der Sieg muss auf dem Schlachtfeld errungen werden, koste es, was es wolle, vor allem das Blut ukrainischer Mütter und Kinder und junger Soldaten, da ist der Putin so richtig in Bombenstimmung, koste es, was es wolle, und wer meint, man müsse Putin und Selenskij zwingen zu verhandeln, um Hunderttausenden das Leben zu retten, der ist ein Lumpenpazifist, denn mit Putin verhandeln geht nicht, na gut, Verbrechern wie Pinochet in Chile oder Salazar in Portugal haben wir schon mal die vom Foltern blutigen Hände geschüttelt, aber Putins Hand?, niemals! Das hat ja auch unsere Außenministerin gesagt: Russland wird auch nach dem brutalen Krieg nie wieder Partner sein, da hatte Deutschland nach dem brutalen Weltkrieg Glück, dass es nicht von lauter Baerböcken umgeben war, die alle gerufen hätten: Deutschland in die Völkergemeinschaft aufnehmen, nie wieder!, da würden wir heute noch beiderseits des Rheins Schützengräben ausbuddeln statt uns zu umarmen, aber jetzt ist Krieg statt Kuscheln, da muss Frau Strack-Zack als Kampfamazone durch alle Talkshows ziehen und von schweren Waffen schwärmen wie andere vom Käsekuchen, und die alten Generäle a.D. stimmen mit brüchigem Tremolo ein ins Waffen-Einheitsfrontlied, und Hauptstadtjournalisten stehen stramm vor der sich selbst verordneten Meinung, nur unser Kanzler zögert, wenn der Typ Leopard ins Kriegsland geliefert werden soll, da ruft er erst mal in Kenia an, ob die welche fangen können, aber die hundert Milliarden für die Rüstung müssen sein, doch wenn dann unsere neuen High-Tech-Panzer gen Osten rollen, werden sie nicht weit kommen, weil unsere Brücken alle marode sind, und der Feind kann sich ersparen, unsere Schulen zu zerstören, das haben wir schon selbst geschafft, und es wird für die Soldaten keine Köche geben und für die Lazarette keine Pfleger, und wenn am Ende die Rechnung kommt für die Aufrüstung, wird keine Verkäuferin an der Kasse sitzen, weil die alle zu schlecht bezahlt werden, und wenn der Stahlbaukumpel sich unter einen Waschlappen stellen muss statt unter die Dusche, weil er die Heizkosten nicht mehr bezahlen kann, dann hält zwar mit unserer Milliardenhilfe draußen der Krieg, aber der soziale Frieden im Lande nicht, und ein prominenter indischer Philosoph setzt in der Zeitschrift *Der Spiegel* dem Westen ein Fragezeichen: »Habt ihr das alles bis zum Ende durchdacht?«, und da setze ich mal einen Punkt.

Silvester 2023

Nachsätze über Vorsätze

Erinnerungen an einen Jahreswechsel kurz vor dem Jahreswechsel

Das ist es ja, dass in einem nicht messbaren Bruchteil einer Sekunde die Jahre wechseln. Dass sich streitsüchtige Ehepaare, sich nie grüßende Nachbarn, sich sonst nie begegnende Menschen in diesem Augenblick freundlich in die Augen blicken und sich ein neues Jahr wünschen, obwohl es schon da ist. Ob man es sich wünscht oder nicht. Es ist auch nichts neu. Außer dass mit diesem Prost Neujahr der Nachthimmel über der Stadt explodieren wird und die Menschen ringsum Oh und Ah rufen, weil der Sternenregen so schön bunt ist. Aber er ist knallig laut wie Raketen, was gar nicht passt zum Wunsch, dass es ein friedliches Jahr werde.

Mich schreckt es. Ich war vier Jahre, als mich meine Mutter ängstlich an sich drückte und ich ihre Tränen nicht verstehen konnte, wo es doch so ein schöner Anblick war: in der Ferne all die glitzernden Funken über der dunklen Stadt, strahlenden Christbäumen gleich. Es war der Bombenangriff auf Breslau, vor dem wir geflohen waren. Seitdem findet mein Jahreswechsel zehn Minuten vor dem Jahreswechsel statt. Wenn es noch ruhig ist. Da gieße ich mir alkoholfreien Sekt ins Glas und sage zu mir: Schön wäre es, würde das neue Jahr gut. Besser wird es nicht. Vielleicht besser als das übernächste. Das vielleicht.

Meine Mutter hat mich damals nachts aus dem Kinderbett geholt und gesagt: Guck mal, da kommt das neue Jahr, das wird besser. Ich hab nie was kommen sehen, aber immer hat Mutter gesagt: Das nächste Jahr wird besser.

Ich kann meinen Kindern nicht mehr sagen, dass es besser wird. Das ist ein großer Verlust. Früher war die Zukunft auch besser, sagte Karl Valentin. Sie war's dann auch per Wirtschaftswunder mit Häusle bauen und dem VW Käfer davor, und im Osten kam die Betongarage mit dem Trabi drin. Die Hoffnung stieg. Heut steigt die Inflation und die Preise steigen. Und je mehr die Armut steigt, um so mehr steigt der DAX. Und die Gewinne der Konzerne waren noch nie so groß, weil die Krise so groß ist. Das haben sie in den Nachrichten gebracht, bevor die Silvestershow begann und der Kaiser Roland mit der Maite sang: Warum hast du nicht Nein gesagt.

Vielleicht geht es uns zu gut, dass wir nichts mehr so richtig gut finden. Die Regierung regiert doch mit Maßnahmen, dass es uns gut geht trotz Krisen. Aber wir danken es nicht. Ein Kleinkind fällt ins kalte Wasser, ein mutiger Passant rettet es, drückt es der Mutter in die Arme, und die Mutter sagt: Und wo ist die Mütze? So sind wir. Es sei denn, wir werden nicht gerettet. Oder nur die Mütze.

Draußen können es erste Böller nicht erwarten. Geht Silvester bis 23 Uhr 59 oder ist Null Uhr eins noch Silvester? Für die Soldaten im Ersten Weltkrieg war das wichtig, weil sie wissen mussten, wann sie aus den Schützengräben kriechen durften, um ihre französischen Feinde zu umarmen und ihnen einen guten Rutsch zu wünschen, um sie dann, wenn kein Silvester mehr war, zu erschießen.

Guten Rutsch. Kein Schnee flockt, nichts friert zu Eis. Aber die Welt rutscht. Gestern lief ein Dok-Film, der zeigte kilometerlang Ruinen, und aus den Trümmern stieg noch Rauch. Ich dachte, so sieht es jetzt aus in der östlichen Ukraine. Aber es war Stalingrad.

Mein Nachbar öffnet das Fenster und winkt. Ich hab ihn im alten Jahr nicht gesehen. Die Nacht wird hell wie Weihnachtsbäume mit bunten Kugeln und viel Lametta. Alles schießt und freut sich. Im Fernsehen singt der Silbereisen

Florian: Frau Meier hat gelbe Unterhosen an mit rote Mascherln dran.

Da wusste ich: Es fängt nicht gut an, das neue Jahr.

Januar 2022

Frühstück mit Opi Kron und Omi Kron

Kopfsalat zwischen Eierschalen und Kriegsgefahr

Hast du meine Brille irgendwo gesehen?, ich finde die Hörgeräte nicht, sagt Opi Kron zu Omi Kron.

Wozu brauchst du zum Zeitunglesen Hörstöpsel?, fragt sie.

Damit ich hören kann, wenn du sagst, wo meine Brille liegt.

Du hast sie auf die Stirn geschoben, sagt Omi Kron.

Achja?, sagt Opi Kron, ohne Brille sehe ich das nicht.

Älterwerden im Alter, denkt er, das ist bestraft werden, wenn man bestraft ist.

Wenn Opi Kron beim Einkaufen die Maske aufsetzt, beschlägt seine Brille. Da sieht er nichts mehr. Da nimmt er die Brille ab. Da sieht er nichts mehr. Beim Abnehmen der Brille verheddern sich die Bügel mit den Hördrähten. Da hört er nichts mehr.

Hast du das gelesen?

Wie soll ich das lesen, wenn du es gerade liest?, sagt Omi Kron und schlägt das Ei mit dem Eierlöffel.

Die NATO verstärkt entlang der russischen Grenzen ihre Truppen.

Das Eidotter kleckert vom Eierlöffel. Opi Kron liest: Omi Kron kaut Ei. Weil die NATO deeskaliert.

Opi Kron liest: Der Russe verstärkt entlang seiner Grenzen Truppen. Omi Kron kaut Ei: Weil der Russe eskaliert.

Opi Kron sagt: Für zweieinhalb Milliarden haben die Amis Waffen in die Ukraine geliefert, seit dem Putsch auf dem Maidan.

Seit der Revolution, verbessert Omi Kron.

Seit dem revolutionären Putsch, verbessert Opi Kron und sagt: Da wollten mal die Russen ihre Raketen in Kuba, das war zweiundsechzig, da fühlten die USA ihre Sicherheit bedroht, da drohte der Kennedy mit einem Atomkrieg, wenn die Raketen nicht abgezogen werden, und da zog der Chruschtschow seine Raketen ab, damit es keinen Atomkrieg gibt. Herrje, warum darf der Russe sich nicht bedroht fühlen!

Opi Kron schlägt mit der Faust auf den Frühstückstisch, dass das Ei hochspringt. Da spürt er den Schmerz im Kreuz. Opi Kron hat Rücken. Und Knie. Und Herz. Und Blase. Und denkt: Erst wenn sie weh tun, merkt der Mensch, wie viel Organe er hat.

Er tippt auf die Zeitung: Ich glaub nicht, dass der Putin einmarschiert.

Omi Kron sagt: Putin nicht. Du hast damals auch geglaubt, dass der Breshnew nicht einmarschiert in Prag.

Opi Kron sagt: Weißt du noch, da hat früh der Parteisekretär vor dem sozialistischen Kollektiv gesagt: Die marschieren nicht ein, niemals! Zwei Stunden später meldete der RIAS, dass sie einmarschiert sind, da wurde der Parteisekretär abgesetzt, weil er Westsender gehört hat.

Sie sagt: Dich werden sie, wenn du so weiter denkst, auch noch als Rentner absetzen.

Er sagt: Dich haben sie doch, als die Russen in Prag einmarschierten, auch als Lehrerin abgesetzt, weil du dich der verordneten Meinung widersetzt hast.

Ja, sagt Omi Kron, das war in der Diktatur.

Opi Kron sagt: Und wenn sie doch, die Russen? Ich meine, wenn wir irren?

Omi Kron sagt: Wir sind zu alt. Wir dürfen irren.

Opi Kron sagt: Irren ist menchlich.

Da sagt Omi Kron: Da waren wir in unserem Leben ganz schön Mensch. Es gibt schon Sanktionen gegen die Russen, liest Omi Kron.

Da agitiert Opi Kron, als wäre Karl-Eduard aus der Kiste gesprungen: Als der CIA Allende stürzte und alle Regierungen, die nicht in den politischen Kram passten, und Ghuraib und Guantanamo.

Das ist doch lange her, sagt Omi Kron.

Ich bin zu alt, um zu vergessen, sagt Opi Kron und sagt: Als sie da folterten, wo blieben da unsere Sanktionen?

Weil wir eine Wertegemeinschaft sind, sagt Omi Kron und puhlt sich eine Eierschale aus den Zähnen.

Opi Kron sagt, er nehme die Hörkapseln bei den Talkshows raus, damit er nicht hört, wenn sie melden, dass sie einmarschieren. Opi Kron öffnet das Fenster, will schreien: Wir wollen keinen Krieg! Aber Opi Kron hat keine Stimme.

Omi Kron sagt: Komm, nimm deine Tabletten.

Opi Kron sagt: Wie soll ich die finden, ohne Brille?

Juni 2024

Abrissbirnen für den Anstand

Warum ein gutes Grundgesetz in schlechter Verfassung ist

Lieber unbekannter Freund, du befürchtest, die Demokratie könne zerstört werden und schuld sei die AfD, und da befürchte ich, mein Freund: Zur Not schaffen wir's auch selbst.

Und wenn schon, der Aiwanger Hubert will uns ja die Demokratie wieder zurückholen und sie im Bayrischen Unterholz verstecken vor den »Taugenichtsen« in Berlin, diesen »grünen Besserwissern und Klugscheißern«, wie sie der CSU-Generalsekretär nennt. Und das Antijudenflugblatt war a Jugendsünd vom Hubsi, da knutscht der Söder Markus den Hubsi ab, weil die in Berlin eine »Katastrophe« sind, denn die Asylanten »sitzen beim Arzt und lassen sich die Zähne neu machen« und der »deutsche Bürger kriegt keinen Termin«. Das könnte der Höcke Björn gesagt haben, hat aber der Merz Friedrich. Da sollen die Grünen »mal endlich zur Besinnung kommen«, als hätten die Lang Ricarda und der Kühnert Kevin den Verstand verloren, den sie ja gar nicht haben, weil vom Söder Markus der »Hund eine bessere Ausbildung« hat. Die Anführer reden, die Verführten jubeln. Bis die Bierzelte wackeln. Weißt du, ich ertrage solchen Jubel nicht, der war damals im Sportpalast so laut, dass meine Ohren immer Kopfschmerzen kriegen, wenn irgendjemand zum Hass aufruft und zum Kampf gegen irgendeinen Feind.

Mein Freund: Wer Victor Klemperers LTI über die Sprache des Dritten Reiches gelesen hat, der weiß, mit Gewalt in der Sprache fängt es an.

Asylanten sind »Sozialschmarotzer«, »Schein-Asylanten«, und die Rettung von im Mittelmeer Ertrinkenden ist »Shuttleservice«. Das haben wir nicht erst von der AfD gelernt, sondern von der in den CDU/CSU-Zentralen versammelten Christenheit, die nun ganz ganz sehr betroffen ist, wenn Hipster mit Gucci-Röhrenhosenstyling auf Gute-Laune-Partys mal bissel »Ausländer raus« grölen, weil das geil ist.

Mein Freund, wenn's doch nur am Rand der Pöbel wär, der Volksvertreter und Bürgermeister bedroht, weil die Würde des Menschen unangreifbar ist aber die von Politikern schon. Der Philosoph Adorno schrieb, er fürchte mehr als die extreme Rechte die Rückkehr des Autoritären und Faschistischen in der Sprache der Demokratie. Wenn politische Gegner Feinde genannt werden und Andersdenkende »vaterlandslose Gesellen«.

Der slowakische Ministerpräsident war nach dem Attentat noch nicht auf dem OP-Tisch, da konnte man bei uns schon die Schlagzeilen lesen, dass Fico »Putinbüttel« war. Na dann ist es ja kein Wunder! Es muss ja nicht gleich die Pistole sein, auch Worte können schießen gegen alle, die zu Hofreiters »Außenpolitik mit dem Colt auf dem Tisch« nicht nach Russland mitmarschieren wollen, weil sie »fünfte Kolonne« sind oder Antisemiten, wenn sie zu Israels Kriegsführung die falsche Meinung haben und nicht genau wissen, ab wie viel Getöteten Völkermord beginnt.

Wer das Unwort Diplomatie benutzt statt das Zauberwort Waffen, um das Töten zu beenden, der wird schon mal von Veranstaltern ausgeladen, zu Talkrunden nicht eingeladen, aus dem öffentlichen Diskurs ausgeschlossen oder von der Polizei weggeräumt. Dabei wär's so einfach: Netanjahu in der Freien Universität frei einen Kriegsverbrecher nennen, aber nie Judenhass. Putin im ZDF einen Kriegsverbrecher nennen, aber nie Russenhass, ja, so einfach wär's.

Vielleicht, dass die Mächtigen in den Amtsstuben den Verirrten, die nicht stramm zur Fahne stehen, zwei Zollstöcke schenken, damit sie die verschiedenen Maßstäbe verstehen, mit denen gemessen wird.

Lieber Freund: Wenn Demokraten den Streit von Meinungen nicht mehr als Grundlage von Demokratie sehen, sondern als Angriff, begeht die Demokratie Selbstmord. Dass Demokraten mit demokratischen Mitteln die Demokratie töten, darüber hat sich schon Goebbels ins braune Fäustchen gelacht.

Ich glaub, es war irgendein Lenin, der mal gesagt hat: Niemand wird den Kommunismus besiegen, wenn ihn nicht die Kommunisten selbst besiegen. Na, das haben sie ja auch geschafft. Ich sag mal: Niemand wird die Demokratie besiegen, wenn sie nicht die Demokraten selbst besiegen.

Na, das wird schon.

Dezember 2020

Alle Jahre wieder

Eine Nussknackersuite

Es war wieder ein schneeloses Weihnachtsfest. Schnee in diesen Zeiten ist so sicher wie das Grüne Gewölbe. Früher konnte man sich noch auf solche Arbeiter- und Bauernregeln verlassen: Wenn's Silvester schneit, ist Neujahr nicht mehr weit. Seltsam: In der Mangelwirtschaft flockte es Silvester im Überfluss. Aber Überfluss kann schlimmer sein als Mangel.

Wir abgehärteten Ostler haben die Freude des Mangels zu spüren bekommen, wenn es uns einst gelang, auf dem Striezelmarkt einen Nussknacker zu erstehen. Einen deutschen Nussknacker. Aber heute? Abertausende im asiatischen Untergrund geborene Erzgebirgsnussknacker grinsen uns aus den Buden entgegen. Die Freude, im Mangel etwas kaufen zu können, was es gar nicht gab, wurde vom Überfluss besiegt.

Vorbei die Zeiten, da man engelhafte Beziehungen haben musste, um eine handgeschnitzte Jahresendfigur zu erstehen, eine einzige, die uns glücklich machte und die dann zu Hause neben der Fichte stand, die schon vor dem Fest nadelte und in deren lichte Stellen wir Zweige gebohrt hatten. Das hat man uns alles an Freude genommen, seit uns himmlische Heerscharen aus allen Verkaufsbuden überfallen. Der Überfluss hat uns im Bann so wie einst die Mangelwirtschaft. Wir haben auf allen Weihnachtsmärkten an den Bratwurstbuden Schlange gestanden, als habe der Heilige Geist eine Hungersnot angekündigt. Die Freundlichkeit ist ausgebrochen.

»Schönes Fest noch«, ruft mir eine Thüringer Bratwurst hinterher. »Schönen Abend noch«, nickt mir der Kellner zu, als ich das Lokal verlasse. Das Unfreundliche an dieser Freundlichkeit ist: Man glaubt ihr nicht. Setzte man sich früher unaufgefordert in ein Lokal, schrie einem der Kellner entgegen: »Momend ämal, hier wärn se blatziert!« Da wusste man wenigstens: Diese Unfreundlichkeit kommt von Herzen.

Auch zu Hause droht seit den Weihnachtstagen gemütliche Stimmung, die mir gar keine Chance lässt, angesichts der Zukunftsaussichten in Resigna-Tiefen zu fallen: Ich sitze inmitten von handgeschnitzten Engeln und Hirten, mit denen meine atheistische Frau das Wohnzimmer vollgestellt hat und mir in dieser Erzgebirgs-Idylle zu verstehen gibt, dass sie – zumindest in der Adventszeit – mit einem Nussknacker als Mann glücklicher wäre. Sie ist dann allabendlich rege beschäftigt, die zweiunddreißig Pyramidenkerzen am Brennen zu halten, was bedeutet, dass die erste Kerze links vom rechten Christkind schon wieder zu verlöschen droht, wenn grad die letzte Kerze rechts vom linken Räuchermännl durch eine neue ersetzt werden muss. In dieser Atmosphäre besinnlicher Ruhe flackern ein paar Bilder von der griechischen Insel Lesbos ins Wohnzimmer, von Kindern in einem Lager, die verzweifelt ihren Kopf auf den Boden schlagen. Ihr Kinderlein kommet. Aber Söder sagt Nein.

Es war wie jedes Jahr das Fest der Besinnlichkeit, das christliche Fest der Nächstenliebe. Aber nicht jeder kann der Nächste sein.

In der Weihnachtsbotschaft verkünden die Engel die Nachricht vom Frieden auf Erden. Wir haben längst gelernt, dass man sich nach Nachrichten nicht richten kann. Die Verkündung des ewigen Friedens ist eine schöne, barmherzige Lüge. Christ der Retter ist da. Aber er kann nicht überall sein. Ich habe für die Hungernden im Sudan gespendet, ich bin fein raus. Und die Nussknacker stehen stumm ringsherum im Raum herum. Das neue Jahr steht schon vor der Tür. Ich weiß noch gar nicht: Wolle mer es reinlasse?

Dezember 2021

Hinweisung für die Verfügung zur Veränderung des Weihnachtswesens

Was die neue Expertenkommission plant

1. Die Rolle des Weihnachtsmanns in unserer Zeit muss neu aufgerollt werden. In seiner heutigen Gestalt 1931 geprägt von Coca Cola, müssen wir uns bei aller unverbrüchlichen Freundschaft mit unseren amerikanischen Freunden heute fragen, ob ein alter weißer Mann noch das Symbol unserer multikulturellen Gesellschaft sein kann oder ob nicht künftig ein Weihnachtsmann mit Migrationshintergrund von unserer Weltoffenheit künden sollte.

Interessanterweise hat unsere Gleichstellungsbeauftragte die Frage in den Raum geworfen, ob der Weihnachtsmann nicht auch eine Frau sein könnte. Freilich dürfte es dann keine dem Weihnachtsmannklischee entsprechende Weihnachtsfrau sein: dickbäuchig und mit Bart. Uns hat auch verwundert, dass bislang protestlos junge Menschen von einem alten Mann beschenkt werden durften, der doch die Wünsche der jungen Generation gar nicht kennen kann. Die Kommission schlägt deshalb unter Berücksichtigung aller Umstände eine junge Weihnachtsfrau mit Migrationshintergrund vor, wobei es der Diversität wegen gut wäre, die Frau wäre ein Mann. Bitte beachten Sie: Weihnachtsmann, der – diese Bezeichnung wird künftig im Duden ersetzt durch: Weihnachtswesen, das. Behördliche Abkürzung: WW.

2. Es heißt weiterhin: Der Weihnachtsengel. Der Engel bleibt männlich. Obwohl Engel Röcke tragen. Es weiß ja keiner, was sich unter dem Rock verbirgt. Aber gendergerecht sprechen wir künftig von Wichteln und Wichtelinnen. Oder auch Wichtel*innen. Oder auch Räuchermännl*innen.

2. Von drauß vom Walde komm ich her, brüstete sich bislang der Weihnachtsmann und gestand damit seine Weltfremdheit. Wie soll einer, der 364 Tage im Wald lebt und sich nur an einem einzigen Tag im Jahr unters Volk wagt, im Zeitalter von Globalisierung und Digitalisierung die Nöte und Wünsche der Menschen draußen im Lande begreifen? Ist es da ein Wunder, dass die meisten Beschenkten ihre Gaben anschließend wieder zurückgeben? Statt immer nur Bäume im Wald zu sehen, in dem lediglich ab und zu ein Baerböckchen durch den lichten

Tann hüpft, sollte das neue Weihnachtswesen in engem Kontakt zu unseren Menschen da draußen im Lande seine Geschenke sozial gerechter verteilen. Die großen an die Großen, die kleinen an die Kleinen.

3. a) Der Mantel des WW kann rot bleiben. Schwarze Weihnachtsmänner wurden in jüngster Zeit im Dunkeln übersehen und überfahren. Das könnte den Geschenken Schaden zufügen.

b) Wegen Schneemangels infolge der Erderwärmung fährt das WW künftig statt mit dem Schlitten auf einem E-Bike.

c) Am Weihnachtsabend zeigt das Fernsehen den Film »Drei Aschenbrödel für eine Haselnuss«.

d) Schon am Weihnachtsabend ziehen statt der heiligen drei Könige drei Ampelmänner von Tür zu Tür und verkünden die Ankunft Olafs.

4. Das Volk wird aufgerufen, sich von realitätsfernen Traditionen zu trennen. Immer noch singen vergangenheitsbesessene Chöre »O Tannenbaum, wie grün sind deine Blätter«. Dabei weiß schon der kleinste Kita-Besucher, dass Tannenbäume keine Blätter, sondern Nadeln haben. Es käme ja auch keiner auf die Idee zu singen »O Apfelbaum, wie schön sind deine Nadeln«.

5. Die Kommission hat erwogen, Hunderte Hektoliter Glühwein, die dank der in der Pandemie verbotenen Weihnachtsmärkte unverbraucht sind, an alle sich im Widerstand befindlichen Sachsen zu verteilen in der Hoffnung, dass dann alle derart betrunken unterm Tannenbaum liegen, dass sie widerstandslos vom Christkind geimpft werden können. Freuet euch.

Wir sind noch nicht verloren
unter dem Himmelsdach.
Ein Heiland ward geboren.
Er heißt Karl Lauterbach.

Wir wünschen Ihnen ein Kontakt- und auch sonst beschränktes Fest im Kreise neuer Verordnungen – Ihr Weihachtswesen

Juli 2023

Grüße in der Badehose

Wenn im Urlaub täglich die Zeitung auf dem Frühstückstisch liegt

Es sind die Quallen, die im überwärmten Ostseewasser stören, und die Wespen, die mich beim Frühstück auf der Terrasse beim Angriff auf mein Marmeladenbrötchen mehr in Panik versetzen als alle Katastrophen dieser Welt, von denen man wenigstens im Urlaub nicht belästigt werden möchte. Hätte da nicht neben dem Frühstücksei das Binzer Volksblatt gelegen, auf dessen Titelseite mich Herr Habeck besorgt anblickt und sagt: Kriegst du nicht, Alter.

Ich hätte diesen Satz schon bei der Ankunft in der Pension kennen müssen, als mir der Portier mitteilte, dass die Übernachtung in diesem Jahr fünfzig Euro teurer wäre. Ich hätte ihm antworten können: Kriegst du nicht, Alter. Ich nahm mir vor, dies am Abend nachzuholen, wenn mir der Kellner die Rechnung bringt, auf der die Ostseescholle zehn Euro teurer ist als früher. Ich würde den Kellner so freundlich anschaun wie er mich und sagen: Kriegst du nicht, Alter.

Das Ostseeblatt hatte vom Notplan für den Winter informiert, ob wir über ihn kommen oder er über uns. Und woher das Erdgas kommt, wenn es nicht kommt. Und dass wir kein Gas mehr von Russland kaufen werden, weil wir uns von Putin nicht erpressen lassen. Ich hatte vor Urlaubsbeginn mit einem politschen Kabarettisten aus der Demokratischen Republik Saudi-Arabien telefoniert und erfahren, dass sein Scheich die Einfuhr von russischem Öl verdoppelt hat, und das kaufen jetzt die Amerikaner den Saudis ab, die einen Krieg gegen den Jemen führen. Denn die Amerikaner kaufen den Russen kein Öl mehr ab, weil die Russen Krieg gegen die Ukraine führen. Deshalb kaufen wir auch kein Öl mehr von Russland, sondern von Indien, das Öl von Russland kauft. Und weil wir auch kein Gas mehr von Russland kaufen, kaufen wir Gas von Katar, was kritisiert wurde, weil Katar auf der Liste der Einhaltung der Menschenrechte von 180 Ländern auf Platz 156 liegt. Weshalb nun unserer schönen Ursula von der Leyen ein Gasdeal zwischen der EU und Aserbaidschan gelang, weil Aserbaidschan auf der Liste der Menschenrechtsverletzungen zwei Plätze besser liegt als Katar. Da hätte unsere Uschi den aserbaidschanischen Diktator fast vor Freude abgeknutscht. Ich weiß von einem politischen Kabarettisten aus Venezuela, dass die USA, die die venezualische Regierung noch vor drei Jahren wegen Menschenrechtsverletzungen stürzen wollten, von der venezolanischen Regierung Gas kaufen wollen, weil die USA kein Gas mehr aus Russland kaufen. Denn es gibt gute und böse Menschenrechtsverletzer.

Ich war nahe dran, wieder mal auf die Unmoral der Politik zu fluchen, aber meine Urlaubsstimmung war mild, und ich dachte, wie gut es ist, dass wir Öl und Gas von Diktatoren kaufen. Denn wir möchten doch nicht, dass wir im Winter frieren, wenn wir in unseren guten Stuben in Badehosen sitzen wie ich jetzt im Sommer am Ostseestrand. Dann rutscht uns vielleicht das bisschen Wohlstand unterm Hintern weg, und wir können nicht mehr im SUV zum Bäcker fahren und nicht mehr zum Ballermann für 38 Euro fliegen. Und ich dachte, dass wir unserer Regierung dankbar sein müssen, dass wir Kinderhände im Kongo nach seltenen Metallen buddeln lassen, damit wir uns jedes Jahr ein neues Smartphone kaufen können.

Abends saß ich wieder auf der Terrasse, die Sonne fiel gerade ins Wasser und ihr Abschiedsstrahl drang bis in mein Herz und der Rotwein in den Kopf, und der Kellner kam lächelnd, ich gab großzügig zwei Euro Trinkgeld, worauf sein Lächeln verflog, als wolle er sagen: Mehr gibst du nicht, Alter?

April 2022

Das muss mal gesagt werden, wenn es nicht gesagt werden soll

Von einem, bei dem der Kopf kopfsteht

Na ja, dass ein Wirt an seine Kneipentür schreibt RUSSEN NICHT ERWÜNSCHT, na ja. Denn Russen sind – so eine Expertin bei Lanz – »keine Europäer« und »haben ein ganz anderes Verhältnis zur Gewalt«, also keine zivilisierte Kulturnation wie die Deutschen, die sich nur mal kurz in ihrer Geschichte bei den KZs vertan haben. Das Titelbild auf dem *Stürmer* mit einem Kahlkopfrussen mit Messer im Mund hat mancher bis heute vor dem Vergilben bewahrt. Vom bösen Russen aus dem Reich des Bösen. Wie soll es auch vergilben? Mit den gelynchten Leichen am Straßenrand von Butscha.

Es gibt Bilder, die löscht kein Gedächtnis. Von den Gefolterten in Abu Ghuraib. Vom napalmverbrannten Mädchen in Vietnam. Nur halt kein Kneipenschild, dass Amerikaner nicht erwünscht sind. Oder Künstler sich rechtfertigen müssen. Kein George Clooney, der sich distanzieren musste von einem, der Krieg führte. Da führt nun heut wieder einer einen Krieg. Und die Operndiva hat sich distanziert. Hätte sie nicht, wäre Schluss mit Aida in der Scala und der Met. Da sie hat, ist Schluss in Omsk und Imsk und Bolschoi. Sie hat den Kriegsführer genannt, ohne den Namen zu nennen. Und wer keine große Diva ist, sondern vielleicht nur eine kleine russische Querflöte in einem deutschen Orchester? Wenn die den Verbrecher Verbrecher nennt, dann kann sie vielleicht in ihre Heimat zurück, aber die heißt fünfzehn Jahre Sibirien. Aber wenn sie gar nichts sagt, dann sagt der ukrainische Botschafter die Einladung zum Konzert ab, weil im Orchester neben der russischen Querflöte eine ukrainische Geige sitzt. Denn das war einmal, dass Kunst die Völker verbindet. Das ist nun vorbei. Politsch korrekt ist, wer Schostakowitsch nicht spielt und einen russischen Dichter aus dem Bücherregal entfernt. Als gäbe es keinen Unterschied zwischen Putin und Puschkin. Kein Russe auf der Frankfurter Buchmesse. Es sei denn, der Gesinnungstest ist ganz eindeutig. Dann vielleicht.

Ach, könnt ich auch so selbstgerecht sein. So gradlinig statt so krumm im Lebenslauf, in dem es einen Punkt gibt, an dem ich als Autor des Kabaretts zu entscheiden hatte, entweder die Ausweisung Wolf Biermanns schriftlich zu begrüßen oder der Vorhang bleibt auf Anweisung zu für ein Stück, in dem wir die Ausgrenzung Andersdenkender attackierten. Mit dem »Lied von Opas Turnverein«, mit dem wir das greise Politbüro mit Honecker als Vorturner meinten und das wir nur singen durften, weil wir dem Ersten Sekretär versicherten, dass wir nicht das Politbüro meinen. Der Vorhang ging auf. Im Saal saß der große Rolf Hoppe. Und bedankte sich nach der Vorstellung, dass wir so vielen Zuschauern Mut gemacht hätten in dieser Zeit der Resignation. Danke, sagte ich und schämte mich, unterschrieben zu haben statt mich verbieten zu lassen. Um auf die Bühne gehen zu können. Statt in eine Zelle.

So war das damals in der Diktatur. So krumme Wege, um aufrecht zu gehen, so feige im Mut. Wie könnten wir da heut so selbstsicher sein, genau zu wissen, was jetzt gesagt werden muss, um nicht Zweifel zu nähren, auf der Seite der Guten und Gerechten zu stehen.

Ich höre, Frau Merkel sei mitschuldig am Krieg mit ihrer Sturheit zum Verhandeln nur um des lieben Friedens willen. Und die Friedenspfeife Steinmeier entschuldigt sich. Weil das eine naive Illusion war: Wandel durch Handel und Kultur völkerverbindend. Das gilt nicht mehr. Jetzt gelten nur Waffen. Selig, die Waffen liefern, das ist heute die Osterbotschaft. Auch wenn das kein Osterspaziergang wird, sondern ein Waffengang.

Nach fünfhundert Kolumnen

Zwischenbericht

Ich schreibe seit über dreißig Jahren Kolumnen für die *Sächsische Zeitung*. Und da möchte ich Ihnen noch vor Schluss schnell sagen: Wissen Sie, wie lange ich manchmal für einen Satz brauche, wie ich jedes Wort hin- und herdrehe, ob es das richtige ist, wie ich dann alles durchstreiche und noch mal schreibe? Und davor muss ich erst einmal bis in die Nacht Nachrichten über mich ergehen lassen, ganze Parteitage im Fernsehen verfolgen.

Ahnen Sie überhaupt, wie viel perverse Neigungen man dazu entwickeln muss?: Einem Politiker bei einer Rede zwei Stunden auf den Mund starren, bis er kommt, dieser eine Satz, zum Beispiel von Renate Künast bei der Berliner Oberbürgermeisterwahl: »Bei Klaus Wowereit sieht man auf den ersten Blick, er ist ein charmanter Mann. Bei mir muss man zweimal hingucken.«

Und wenn die Kolumne erscheint, ist das längst wieder Schnee von gestern. Ich reg mich immer so auf! Weil andere irgendeinen Satz hinschludern, ohne ihr Gehirn vorher zu entkalken. »Wettbewerb der Ärzte an der Uniklinik. Dresdner Bauchchirurg schneidet hervorragend ab.« Oder »Der Papst leidet an einer Darmerkrankung, meldet der heilige Stuhl.« Den schönsten Satz fand ich in einer Anweisung des Deutschen Beamtenbundes: »Stirbt ein Bediensteter während einer Dienstreise, so ist damit die Dienstreise beendet.«

Ich sitze dann abends vor der Glotze und sehe eine Talkshow über Sex und Liebe, mit einer Dschungelcamp-Teilnehmerin, die den IQ eines Alpenveilchens hat. Und wenn du tief in der Nacht durch die Privatsender zappst – Titten, Titten, Ärsche, Titten, wieder Ärsche, Titten und manchmal weißt du nicht mehr, sind das zwei Titten oder ist das schon ein Arsch?! Ich sage Ihnen: Volksverblödung ist staatserhaltend. Wenn wir ein Volk von Schwachköpfen werden, empfinden wir Unterhaltungsfolter nicht mehr als Schmerz, sondern als Scherz. Dann können sie uns manipulieren, wie sie wollen.

Ich habe Tausende qualvolle Fernsehstunden hinter mir und fing vor acht Jahren an, ein klassisches Poem zu schreiben, das Ihnen in der Feinsinnigkeit der Poesie zeigen wird, dass Goethe ein völlig überschätzter Dichter war.

Aktuelle Fassung 2024

Osterspaziergang

Vom Eise bedeckt sind all die miesen Kriege
und Klima- und Wirtschaftskrisen
Zu Hause haben wir zum Glück
um uns abzulenken hundert Kanäle.
Doch ganz gleich, welchen Fernsehsender
ich wähle:
Zum x-ten Mal alle Katastrophen:
Die großen Skandale und Tatortganoven
und Bauer sucht Frau,
und Ferkel sucht Sau,
ob vor Lachen eingepullert
ob bei Serien eingelullert
mit Tränen vor Glück.
Der alte Goethe in seiner Schwäche
zog sich in raue Quiz-Shows zurück.
Von dorther sendet er beim Raten
ohnmächtige Schauer zum Kandidaten:
War Gretchen die Schwester von Hänsels
Bruder
oder war sie ein faustdickes Teppichluder?
Auf des Raters Stirn Perlen ängstlichen
Schweißes.

Aber denkst du etwa, der Kandidat weiß es?
Nein. Auch Jauch kann Bildung und Streben
in unserem Manne nicht wieder beleben.
Er erreicht 100 Euro mit Müh und Not.
In seinem Hirne die Zellen waren tot.
Und zur besten Einschaltstunde,
quasseln die Ritter der Schwafelrunde.
Wer zuhört, der weiß – diese Runden ergeben's:
Der Hirntod ist nicht das Ende des Lebens.
Kehre dich um von diesen Höhen
in das Fernsehtal zu sehen:
Aus der Röhre finsterem Tor
dringt ein hohles Gewimmel hervor:
Und da, ein Gespenst, o welch ein Graus!
Das ist Silbereisen, der sieht so aus.
Und Heidi Klums Top-Models brauchen als Weib
einen magersüchtigen Leib –
so, als könnten's wir Männer nur treiben,
wenn die Knochen richtig reiben.
Es ballern aus den Fernsehkisten
die Vergnügungsterroristen,
bis wir alle uns ergeben
unter ihrem Dauerschuss.
Nur der verdient den Schwachsinn sich im Leben,
der täglich ihn erobern muss.
Und bis zum Sinken überladen

kentert dort im Sturm ein Boot.
Doch uns kann keine Sintflut schaden –
Wir lachen uns schon vorher tot.
Sieh nur, sieh! wie die Menge sich eint
in Angst vor der Zukunft, in Angst
vor dem Feind.
Wer sitzt da bei Lanz? Ist das Charleys Tante?
Das ist Lauterbach mit der Killervariante
Angst vor Winter und Sommer und vor
neuen Viren.
Ein Volk, das in Angst lebt, lässt sich
besser regieren.
Und manchmal fragen sich sicherlich
du und ich
und groß und klein:
Bin ich noch Mensch? –
Das kann nicht sein.

Februar 2020

Urinale Wahrheiten

Götterdämmerung

Es klingelt im Foyer der Semperoper zum zweiten Mal. Die Götterdämmerung wird fünf Stunden dauern. Ich habe Rücken. Warum gibt es von Wagner keine Kurzfassung für Rückenkranke? Einfach Babababa. Wie gesagt: Es klingelt. Noch mal zur Toilette. In der Staatsoperntoilette, vor dem Urinal, ist man nicht gerade darauf vorbereitet, dass der Herr vom rechten Nebenurinal sich ohne Geschäftsunterbrechung zu mir dreht und sagt: »Ach, der Herr Schaller! Ich lese immer Ihre Kolumnen.«

Da dreht sich der Herr am linken Urinal zu mir: »Ich auch.« Und dann fragt mich der Herr am rechten Urinal: »Was sagen Sie denn zu diesem Vorfall gestern, Herr Schaller?«

»Ich habe dazu gar keine Meinung«, sage ich.

»Ich frag ja bloß«, sagt der Mann und blickt wieder gegen die Fliesen, »weil Sie doch sonst immer einen Standpunkt haben.«

Ach, Standpunkt, denke ich – vielleicht hatte ich früher einen Standpunkt. Heute habe ich einen Gehpunkt. Wenn ich was denke, denk ich, das könnte die Wahrheit sein. Und dann denk ich das Gegenteil und denke, auch das könnte die Wahrheit sein. Ich hab manchmal lediglich so ein Gefühl, was die Wahrheit sein könnte.

Gefühle schaffen heute Fakten. Und dann wählt das Volk nach Gefühl. Heraus kommt der Brexit. Oder Trump. Es kam auch schon mal aus so einem Gefühl Hitler raus. Ich kenne nicht die Wahrheit. Es scheint, dass sie Herr Lanz im Talkshowsessel weiß, wenn er statt neutral zu moderieren zum Meinungsmacher wird, dessen Arroganz jeden Andersdenkenden öffentlich hinzurichten vermag, sei es ein Wagenknecht oder ein gegen die verordnete Meinung andenkender sächsischer Ministerpräsident. So wird das Ringen um die Wahrheit zum Kreuzverhör.

Napoleon hat gesagt: Die Wahrheit der Geschichte ist die Lüge, auf die sich die Mächtigen geeinigt haben. Lieber Herr am Urinal: Ich habe auf ihre Fragen keine Antworten. Ich habe mich früher im »einzig rechtmäßige Staat«, wie sich die DDR nannte, ebenso wie heute im Rechtsstaat zu oft im Recht geglaubt. Je mehr man sich im Recht glaubt, umso mehr kann man irren. Ich bin misstrauisch geworden. Mein Glaube ist der Unglaube. Ich sehe fern, aber ich sehe nichts. Ich werde informiert, aber ich weiß nichts. Diese Einsicht ist meine Weisheit.

Der Herr am linken Urinal schüttelt sich kurz, sagt zu mir: »Schön, Sie kennengelernt zu haben«, und geht. Der Mann am rechten Urinal will mir gerade noch eine Frage stellen, da ziehe ich etwas zu vorschnell den Reißverschluss wieder hoch und sage mit halb offener Hose: »Mein Herr, ich weiß nicht, wie die Weltgeschichte grade läuft. Zur Zeit fühle ich es nur.«

Mai 2024

Wie der Liedersänger Vence Remos den Weltfrieden retten wollte

Hansi Krause schreibt ein leises Lied zur Laute beim Wenden der Zeiten

Mairegen trommelte gegen die Fensterscheibe, und vor dem Apfelbaum sahen die Tropfen aus als würden sie blühen. Die ersten Zeilen hatten Geburtswehen, aber dann las er sie im Labtop, verwundert, dass sie sein Kopf freigegeben hatte: *Einst sangen wir das Lied / Sag wo die Blumen sind. / Im Lied wusste die Antwort / nur ganz allein der Wind.* Die Jugendzeit flog wie ein süßer Vogel durch seine Erinnerungen. Vor Volkssolidaritätsrentnern hatte er damals, auf der Gitarre gerade mal Kadenzen klimpernd, Bob Dylans Song gesungen von der Antwort, die ganz allein der Wind weiß. Da belehrten ihn die Genossen, die Partei wisse sehr wohl die Antwort, zweifelsfrei. Der Studienplatz schien sicher, hätte er nicht an eine Mauer gekritzelt SCHWERTER ZU PFLUGSCHAREN. Er versuchte Verteidigung: es sei doch im Sinne des Weltfriedens, würden aus Schlachtfeldern Äcker, auf denen Getreide wuchs statt Kimme und Korn. Es half nichts: Nein, da müsse er sich erst mal in der Produktion bewähren, bis er auf der Linie liegt. Beim nächsten Reim, bisschen kitschig, zögerte er. Aber sie hatten das Lied doch gesungen, als sie in der Kinderkrippe gemeinsam auf dem Töpfchen saßen, und er schrieb *Wir sangen von der kleinen weißen Friedenstaube. / Die bringt den Menschen Frieden / war unser fester Glaube.* Den Glauben hatte ihm sein Vater in die DNA gepflanzt, nachdem er von der Ostfront kam: NIE WIEDER KRIEG.

Er war noch der Hansi, als er Lieder zu reimen begann, zum Großen zu klein und zum Kleinen zu groß, aber gefüllt mit klassenkämpferischem Drang, neue Kriegsgefahr wegzusingen. *Wir wollen Frieden auf lange Dauer, nieder mit Strauß, nieder mit Adenauer* sang er mit geballter Faust im Gesicht bei seinem ersten Auftritt an einem 1. Mai, während sich die Arbeiterklasse im Saal besoff.

Vor einer Woche sollte er bei einem Firmenevent singen, da meinte der Firmenchef vor dem Auftritt, ja, natürlich dürfen die Lieder auch ein bisschen gesellschaftskritisch sein, aber bitte nicht politisch. »Und bitte was Lustiges!« *Die Tauben sind heut müde. / Die Flügel sind zu schwer. / Es braucht die Zeitenwende /*

die alten Songs nicht mehr. Der Frieden müsse gestiftet werden, hatte er bei Kant gelesen. Aber wo sind die Stifter, die abrüsten, wenn die Rüstung Hochzeit feiert mit der Politik, und die entspannen, wenn die Spannungen die Welt zerreißen? Wo die Willy Brandts und Gorbatschows? Stattdessen in den Talkshows Sesselgeneräle und Kampfmatronen.

Zeiten wenden sich schnell, er wendete sich immer zu langsam.

Andere waren immer heutig, er immer ein bisschen Gestern. Es fiel ihm schwer, auf der Linie zu liegen, wenn die Linie sich krümmte. Seit er im Verruf stand, Pazifist zu sein, mieden einige die Nähe, als hätte er Läuse. Dabei, so wusste er inzwischen, wäre diese Bundesrepublik fast pazifistisch geworden, weil Grundgesetzväter in die Verfassung schreiben wollten, dass Deutschland nach der Schuld am Weltkrieg als friedensstiftender Vorreiter auf eine Politik der militärischen Stärke verzichtet. Aber es war wohl nur so ne fixe Idee. *Nein, meine Söhne geb ich nicht.* Würde er heute das Lied von Reinhard Mey singen, verließen da vielleicht die versammelten Grünen, mit denen er einst bei einem Westgastspiel Sonnenblumen schwang, auch aus Protest den Saal, so wie damals die Apparatschiks der SED-Kreisleitung, denen er mit einem Lied gegen die Stationierung von Raketen das Parteilehrjahr verdarb? Da nannte er sich schon Vence Remos, beherrschte nun ein paar Barré-Griffe und wusste schon, dass die Vergeblichkeit seines Tuns ein roter Faden war, an dem seine Lieder hingen. Wie es Georg Kreisler sang: Es hat keinen Zweck mehr Lieder zu machen. Aber so zwecklos wollte er nicht sein, auch wenn ihm bei jedem Vers war wie Für nix aus der Asche. *Vergesst nicht diese Lieder / und auch die Hoffnung nicht. / Denn gegen Todesplanung / hilft Lebenszuversicht.* Hinter dem Fenster wehte die Dunkelheit durch die Bäume, in denen der Mond hing. Die Scheibe zitterte, wenn nachts die Militärkolonnen gen Osten rollten. An dem Abend reimte er noch die letzten Zeilen. *Dass wir die Angst besiegen / so gut es jeder kann: / Es fängt der Schutz vor Kriegen / mit Spaß am Frieden an.* Er öffnete das Fenster. Der Frühling roch nach Flieder.

Friedenslied 2024

Einst sangen wir das Lied:
Sag wo die Blumen sind.
Im Lied wusste die Antwort
nur ganz allein der Wind.

Wir sangen: Meine Söhne,
nein, die geb ich nicht.
Nie mehr ins Feld marschieren
und keine Waffenpflicht.

Wir sangen von der kleinen
weißen Friedenstaube.
Die bringt den Menschen Frieden,
war unser fester Glaube.

Die Tauben sind heut müde.
Die Flügel sind zu schwer.
Es braucht die Zeitenwende
die alten Songs nicht mehr.

Wir sollen heute kriegs-
statt friedenstüchtig sein.
Da passen wohl die alten
Lieder nicht mehr rein.

Vergesst nicht diese Lieder
und auch die Hoffnung nicht.
Denn gegen Todesplanung
hilft Lebenszuversicht.

Dass wir die Angst besiegen
so gut es jeder kann:
Es fängt der Schutz vor Kriegen
mit Spaß am Frieden an.

Die meisten dieser Kolumnen schrieb Wolfgang Schaller
für die »Sächsische Zeitung«

Eulenspiegel Verlag –
eine Marke der Eulenspiegel Verlagsgruppe
Buchverlage GmbH

ISBN 978-3-359-03080-5

Umschlaggestaltung: Verlag, unter Verwendung
eines Fotos von Robert Jentzsch

Druck und Bindung: buchdruckerei.de, Stahnsdorf bei Berlin

www.eulenspiegel.com

Die meisten dieser Kolumnen schrieb Wolfgang Schaller
für die »Sächsische Zeitung«

Eulenspiegel Verlag –
eine Marke der Eulenspiegel Verlagsgruppe
Buchverlage GmbH

ISBN 978-3-359-03080-5

Umschlaggestaltung: Verlag, unter Verwendung
eines Fotos von Robert Jentzsch

Druck und Bindung: buchdruckerei.de, Stahnsdorf bei Berlin

www.eulenspiegel.com